# 献给我的外祖母高莲

——第一个让我感受到爱的人

我们是宇宙里的尘埃
也是尘埃里的宇宙

花开的早晨
我把采来的花蜜存放在腹部

我以谦卑和誓言
滋养你的英气
你却用它
倾倒众生

我加密了我的梦
有暗号的人才能够进入

人生如戏
我们，卖力地扮演
大自然分派的角色

歪斜的世界

我们爬上树
树上住满了动物

凌晨四点
对面楼里唯一的窗还亮着灯

让散开的发辫
像流苏一样在风中起舞

# 我早已不属于自己

王晓冰 —— 著

当代世界出版社
THE CONTEMPORARY WORLD PRESS

**王晓冰**　老家河南,现居海南。
出版诗集《备忘录》。
对世界的理解:人是宇宙里的尘埃,也是尘埃里的宇宙。

# 推荐语

　　虫鱼的眼，萌娃的心，旅者的奇梦，哲人的深思……作者在这里的一百组图文堪称佳构，简易中暗伏深厚，平淡处忽见磅礴，是一份加密了、供珍藏的爱与苍凉。

　　——韩少功

　　生活里长出了诗，诗歌中生出了画，已属精工巧作。诗和画互为经纬密不可分，具象与抽象水乳交融浑然一体，更引人品味探究，以致遐想联翩。

　　——蒋子丹

她的诗画是写给成人看的，其中孕育着诗人随岁月消逝而悟出的哲理；她的诗画更是给孩子读的，每一幅画都是在讲述一个爱与拯救的童话。如晓冰的诗："这么多年了，无神论者已变成圣徒"。作者就是这样一个人。这些诗画就是一个艺术圣徒给予孩子们和愿意再次变成孩子的人的礼物。

——耿占春

让事物源源不断地归属于我，还是将我归属于世界？是一个可以停下来思考的问题。在人们都在抱怨自己拥有得太少的时候，王晓冰却宣称"我早已不属于自己"。拥有者不再拥有自身，于是，她的国土一下变得辽阔起来。形形色色的事物，不需要任何签证就可以走进。包括弯弯曲曲的溪流，森林里胆小的花鹿，大海里柔软的乌贼，天空中来历不明的鸟，多少光年之外的星星……当然，还有人与人之间的不期而遇和冷暖施与。

本书是关于生命共在状态的诗性描绘，充满着温良人性给予生活的童真想象与深情期待。因为游离于纠缠不清的从属关系，赤子的内心一派欣欣向荣。

——孔见

## 自序
## 我的作品是我最珍爱的孩子

北极熊爸爸不进食可以活上一年
北极熊妈妈可不行,它必须不断进食
才能分泌乳汁

阅读、旅行、做梦、冥思
都是我的进食方式
你的爱与鼓励
是我取之不尽的山泉

我是一头勤劳的北极熊妈妈
再严酷的环境也要外出觅食
我有冰雪里的幼崽
需要喂养和哺育

我早已经
早已经不属于自己
我属于哺育我的爱,和
我哺育的孩子

我早已不属于自己
我属于哺育我的爱,和
我哺育的孩子

# 目录

## 第一辑　天与地

种子 / 002

手相 / 004

逆行到对岸 / 006

猎 / 008

天敌 / 010

雨季 / 012

天台 / 014

洄游 / 016

出远门的猪 / 018

尘埃 / 020

地图 / 022

海底的水涌上海面 / 024

春分 / 026

大暑 / 028

处暑 / 031

白露 / 034

秋分 / 037

大雪 / 040

冬至 / 043

小寒 / 046

大寒 / 049

## 第二辑　梦与醒

不知不觉 / 054

伊甸园 / 057

拯救 / 060

偏心 / 062

必须 / 064

我有一棵树 / 066

来吧，梦 / 069

气味 / 073

梦有一张多变的脸 / 076

我被自己扬起的沙迷住了眼睛 / 079

远方 / 082

红马 / 084

变形记 / 088

在石门关 / 090

备忘录 / 093

兽 / 096

替身 / 099

易碎品 / 102

最黑的夜，才有最明亮的星星 / 104

## 第三辑　我和你

你为我的双脚画满星星 / 112

与此同时 / 115

我甚至，爱上了自己 / 118

我是一颗有理想的种子 / 121

安抚 / 124

同步 / 126

母亲节 / 128

父亲节 / 130

姐妹 / 132

星星像是月亮的孩子 / 134

较量 / 136

排椅 / 138

衣橱 / 140

献诗 / 142

引力 / 144

新年问候 / 146

我选择低调地生活 / 150

亲 / 153

小宝 / 156

自白 / 158

读我吧 / 160

童年 / 162

我所有的成长，都源于内心 / 164

## 第四辑　冰与火

我想要真正的夏天 / 168

骑士 / 172

没有月亮的夜晚 / 174

左右 / 178

悬浮 / 180

徽章 / 183

呜咽 / 186

空 / 188

领地 / 190

份额 / 192

二嫂 / 194

寻找一场倾盆大雨 / 196

潮水来得正是时候 / 200

河水够深，才不会封冻 / 203

我的被动不是因为迟钝和犹豫 / 206

在阳光都无法穿透的深海…… / 210

我是你划出的火苗 / 214

雨天，我很快乐 / 217

啁啾 / 220

致茨维塔耶娃 / 222

## 第五辑　黑与白

简史 / 228

蚁 / 230

渡 / 232

有时候，光是令人不安的存在 / 234

法则 / 236

我把黄昏写下的诗句放在黎明朗读 / 240

你霸占了我的梦境 / 242

180 度 / 246

在海拔 4500 米…… / 248

乌贼 / 251

风无法把我们吹到新的大陆 / 254

回到原处 / 258

一只受伤的天鹅 / 260

岛 / 264

注定 / 267

致阿赫玛托娃 / 270


代跋　唯有文字可以不朽 / 275

第一辑

# 天与地

001

052

# 种子

花栗鼠用牙齿检验橡实

用口腔进行运输

它把过冬的口粮

埋藏在地下

花栗鼠再也没有回来

这些坚果

因为主人的意外

成为这个春天最幸运的

种子

花栗鼠再也没有回来

# 手相

握住拳头的时候
别人看到你手背上的
平原、山峰、河流
唯有我
唯有我熟悉你松开的掌心
凹凸不平的盆地丘陵,和
每一条被困住的道路

每一条被困住的道路

# 逆行到对岸

一条大河
把部落隔成热闹和清冷
一头羊跟着主人赶集
他们一起吊在绳索上过河
横风劲吹
失重的空中旅程
他们绑在一起
生死与共

逆行到对岸
我与主人怀里的乳羊
有了片刻的交汇
我风尘仆仆
它去向成谜
我们对视着
我们在目光里相互怜悯

我们对视着
我们在目光里相互怜悯

# 猎

猎物越来越少

越来越瘦

有好枪和好枪法已经不够

想要捕猎成功

还必须逼真地模仿

驼鹿和灰鸭们的叫声

猎

# 天敌

出壳不久的红螳螂

扑到一只蚊子

吃掉一只虫子

它用拉伸术骗过跳蛛

以静止功躲过蜥蜴

分母还是分子

有时仅仅取决于

向左转还是向右转

两天后

它被一只大螳螂捕获，蚕食

第一堂课也是最后一堂

它没有败给天敌

它败给了自己的同类和前辈

天敌

# 雨季

水已注满

即将冲出堤岸

到处是鲜美的食物

到处是唾手可得的幸福

河马向着猛长的水草进发

犀牛以翻滚扩大水塘的面积

大水为泥浆中的鲶鱼

送来生机与活力

鹿鼻连续数月吸入干燥的沙尘

现在它们闻到了风中的草腥

比食物更重要的是水

找到水的时候

是值得庆贺的一刻

小象喝下了这个雨季

第一口清凉的水

找到水的时候
是值得庆贺的一刻

# 天台

过年了
住院部的天台
热闹依旧
晾晒的衣服一排又一排
它们属于
在这里打持久战的人

一阵风吹来
吹歪了黑色的长袖衫
吹落了本命年的红裤头
吹不散
露台入口
忧心忡忡的烟雾

一阵风吹来

# 洄游

汇入大海的川流数不胜数
我因为一滴水
找到了通往家乡的那条河

出生地的森林
用庞大细微的树根
过滤出富有营养的淡水

虎鲸、鲨鱼、棕熊、秃鹰
早早埋伏在水里、岸上和空中
它们也有与生俱来的智慧与使命

风,是我期待已久的
雨,是我期待已久的
我借助大雨抬升的水位
逆流而上
跳跃出完美的流线和弧度

为了庆祝穿越万水千山后的抵达
我换上了红色的衣裙

为了庆祝穿越万水千山后的抵达
我换上了红色的衣裙

# 出远门的猪

一辆三脚猫横亘在马路上
车主取来细长的棍子
把一头半大的猪
经由街边高埂赶进车斗
临上车
这头猪撒了长长一泡尿
像是紧张，又像是激动

三轮车突突突发动了
主人的陪伴
让第一次出远门的猪
恢复了平静和惬意
它相信，主人带它去的地方
一定是个好地方

出远门的猪

# 尘埃

有极夜就有极昼

我们是宇宙里的尘埃

也是尘埃里的宇宙

天黑了

我加快了脚步

一个衣衫褴褛的少年迎面撞上我

然后飞奔而逃

我绝望地顿足

一遍又一遍翻查行囊

所有的东西都在

我什么都没有丢

窗外的大楼

以每周一层的速度长高

今天早晨

它正式遮蔽了我的前方

蛇一样游动的高铁

"钉子户"破旧的危楼

垃圾箱里翻找旧纸箱和空瓶子的老妪

另一个更大工地上蠕动的推土车和挖掘机

最遥远的星光

亿万年后才能到达地球

那些早已死去的星星

用它们活着时候的光

照射我们被异化和扭曲的面容

# 地图

出发之地,也是抵达之地
每天,我都要在自己的地图上
兜一圈儿
依次经过不同色彩标注的区域
那是活着的功课

晨间,我恣意穿行
绿色的森林,藕色的荷塘,红色的花海
现在,我的窗外
鲜艳已被过滤
剩下青的瓦,白的烟,灰的雾

卫星云图显示
我已成功翻越冻硬的冰川、雪山
一点点迫近辽阔的江河、湖泊、草原

地图之外
新的时间正在长出透明的彩翼

活着的功课

## 海底的水涌上海面

海底的水涌上海面
翻动我们被盐包围的命运

栖息于悬崖峭壁之间
在洋流与信风的滋养里
舔舐春天的蜜

你能在地上跑
还会在水上飞

我们把符号刻在石头上
发给未来的人

你能在地上跑
还会在水上飞

# 春分

雄鹤以独舞和高歌
拉开求偶的序幕
雌鹤的热烈
被一场春雪点燃

春天的交响乐
许久没有排练了
花和树的默契
一点都没有改变

麦田里的阊阖
真迹埋在土里
赝品高出地面

春天来了
昨晚最后一个惦念的人
今早第一个梦见

雌鹤的热烈
被一场春雪点燃

## 大暑

我用橡皮筋把头发扎得紧紧的
为了配合一路上木讷的表情
我用手指把发辫编得密密的
为了散开时
足够张扬和蓬松

我把生动和鲜活
藏在最贴身的地方
带着它们
奔赴固体是刀、液体是火的溶洞

温度越高,气味越浓
锥形的火山口
源源不断地喷发着溶液
以最热烈的方式
吐出我们赖以存活的矿物质和微量元素
一道道闪电
送来丰沛的雨水
送来眼睛里最明亮的繁星

微风吹拂的傍晚

微风吹拂的傍晚

我们爬出洞穴

手拉着手

优雅走过似曾相识的村庄

就像在清晨

就像在我们还是孩子的时候

# 处暑

我偷了女巫的斗篷
却无法按原先的样子放回去

我把夏季里吸收的养分
储藏在根部
一次又一次
窥探清凉的井

那一刻
边缘和界限已经消融
我的右脑与你的左脑实现了同步

最初的,也是最终的
无形之力掌管着大地
你我如此不同
又如此完美地相互归属

一个粉红色的女孩

一个粉红色的女孩

坐在栅栏上

巴望着向我们伸出小手

# 白露

当想念成为一种习惯

梦就成了一枚拿得起放不下的魔戒

温度,在翅膀的连续扇动中飙升

发烧,是每一次长大和发育的推手

做不了无欲的圣贤

就让我们做有执念的鸟或鱼吧

以空气为水

要么,以水为空气

将最复杂的本能呈现为最简单的遨游

荣耀和虚荣,不是我们奔跑的动力

饥饿感才是

我们的双脚比大脑更忠实于内心

许多年前

这里是水口,也是火口

许多年后

我们的双脚比大脑更忠实于内心

在人们刨出的尖硬石头里
有我们稔熟的图形和气息

即使，许多许多年
不过是比闪电更短的梦

# 秋分

记忆的血,河一样
从四面八方流入心脏的洼地

消化喜悦和沮丧
需要能量
行动迟缓是为了配合
言语的稀疏

傍晚停放的车辆
早上莫名改变了位置和方向
我确定

砍开的椰子
长满龙须状的根
里面没有可以啜饮的水分

我又梦见你了
我确定
我梦见我们用牙齿和舌头

行动迟缓是为了配合
言语的稀疏

过滤爱的纤维与颗粒

半睡半醒的婴儿
用哭声寻妈妈的手
他总是在最疼他的人面前
泪眼婆娑

南方的秋
还没有来
我体内的节拍器
已经空响了很久，很久

# 大雪

大雪,扰乱了鹰的视线
给了雪豹白色的掩护

你的身体宇宙般深邃
藏着迷宫般的光源

暗能量让我们耦合
暗物质将我们错开
它们的较量
决定着我行进的方向和速度

多余的空间和有害的虚无
需要在爆炸中抵消
黑暗,稠密,璀璨
一次次补缀,一次次起舞
引力的旋臂下
能量的碰撞让一切熠熠生辉

大雪

盘古开天时埋在地底下的星星

已所剩无几

越来越多的河流

不再流入大海

此时此刻

满目的绿色真的是绿色吗?

再没有其他的可能

只有被吞没,被毁灭,被瓦解

我们的肉体与灵魂

将化身新世界的种子

在劫后的静寂里

迎来新的故乡和宿主

# 冬至

第一辑 —— 天与地

后半夜比前半夜更冷

《太阳岛上》的旋律
无缘由地萦绕
我分不出
歌曲的结尾和开头

窗台上花枝招展
我只能采下其中的一朵
盛开的、含苞的
都不想失去
最喜爱的红色
有最长的波长
最低的量能

想念的时候，会梦游
熄掉所有的灯
逃出钢筋水泥的森林
去看天边的繁星

最喜爱的红色
有最长的波长
最低的量能

我们已经错过了太多太多

可见的与不可见的光

高悬的拱形星河

像黑夜的脊梁

在篝火边

在星空下

在两次坍缩之间

在我们一起达到的高度、温度和深度里

我像岩石被碾压，被融化，被重塑

习惯了朝一个方向熟睡

冬至的早晨

我的耳朵

一只白，一只红

# 小寒

晨光熹微时
才敢放心去睡
至少黑暗暂时不会加深

黑角羚逃走了
突然变向的风
出卖了狮子的气味
没有黑角羚的嗅觉和速度
也没有兔子 360 度的警戒视野
我们唯一能做的,就是祈祷
不要被狮子发现
不要被不明飞行物命中

河流的凶险
不在于它的水量
在于它神秘莫测的性情
在冰河上行走
最大的赌注不是脚下
而是天空

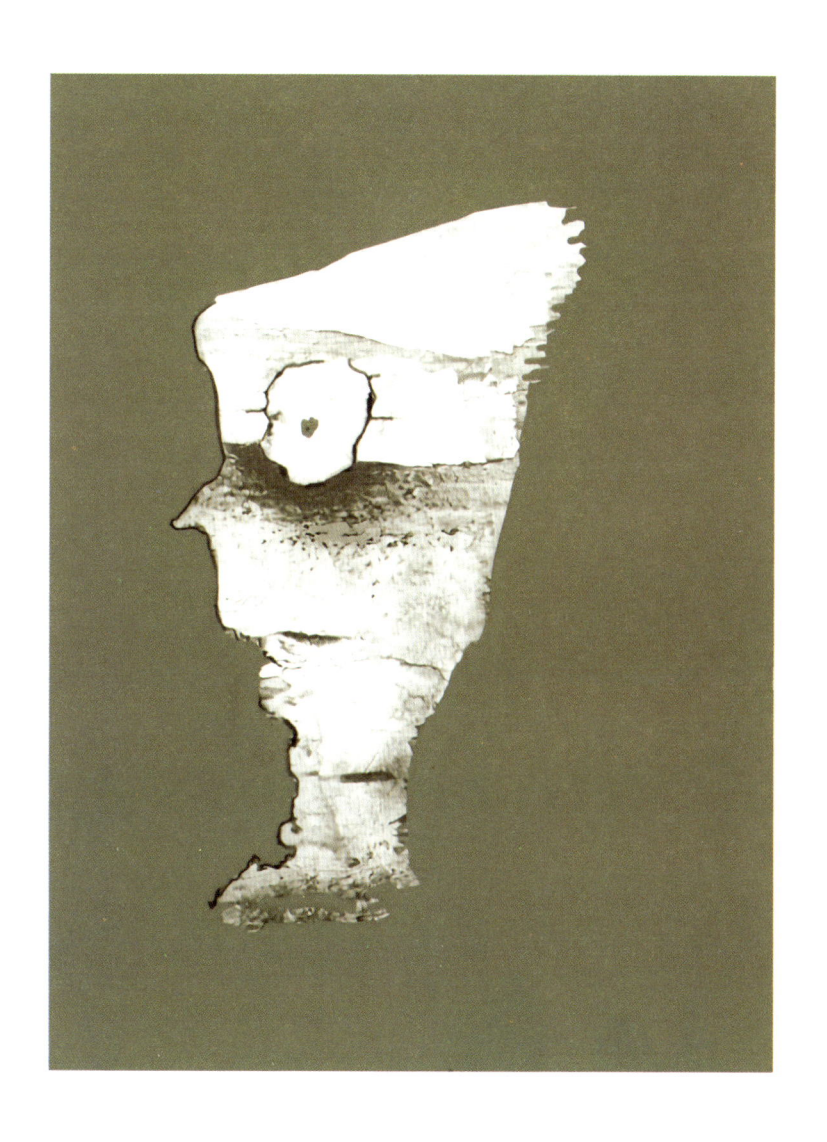

又一个男孩走丢了

怀念夏季

大太阳底下

我们搬着凳子挪来挪去

追着明亮却不耀眼的树荫

怀念那些——

先于预告的抵达

先于消失的存在

先于离散的汇聚

梦里突然冒出来的人告诉我

昨天夜里

又一个男孩走丢了

又一个男孩诞生

# 大寒

心知肚明的事,无法顺畅地表达
老妈越来越爱哭

习惯了从黑夜中醒来
把希望与恐惧摁成字
把桑椹和苦艾窖成酒

这么多年了
我一直生长在沙漠
盛开在黄昏
从种子到花朵
从开放到凋零
我有闪电般的速度

这么多年了
隆冬依旧难熬
羽毛上的一小块结冰,一小撮打结
都会让翠鸟无法起飞,俯冲

人类已磨搓出足够的耐心
等待也许永远无法到来的黎明

这么多年了
你那里的云
已成为我这里的雨
风诞生的地方已经没有了风

这么多年了
我们用每一天
去了解这个世界
这个世界
不屑于花哪怕一秒钟
打量我们越垂越低的头

这么多年了
腐烂依旧是自然界最重要的力量
它散发的势能
支撑着地球上全部的生命

这么多年了
无神论者已变成圣徒
人类已磨搓出足够的耐心
等待也许永远无法到来的黎明

第 二 辑

# 梦与醒

# 不知不觉

不知不觉
头发已过肩
意念乱起来
又到了该修剪的时候

不知不觉
瘢痕淡了
留不留疤
要看体质的类型和伤口的纵深

不知不觉
芒果烂了
唯一的心,分秒必争
搏下一个循环

不知不觉
蚂蚁变得生猛
大白天爬上我的手臂和脚面
让我痒,让我疼

不知不觉
头发已过肩

我早已不属于自己

不知不觉

指甲已经长到

可以戳疼我

也可能伤到你的长度

# 伊甸园

必须翻过一扇窗

才能进入宽阔碧绿的草坪

缝隙太窄了

我们不得不变身流沙

并一一丢弃所有的身外之物：

手机、钥匙、银行卡、身份证……

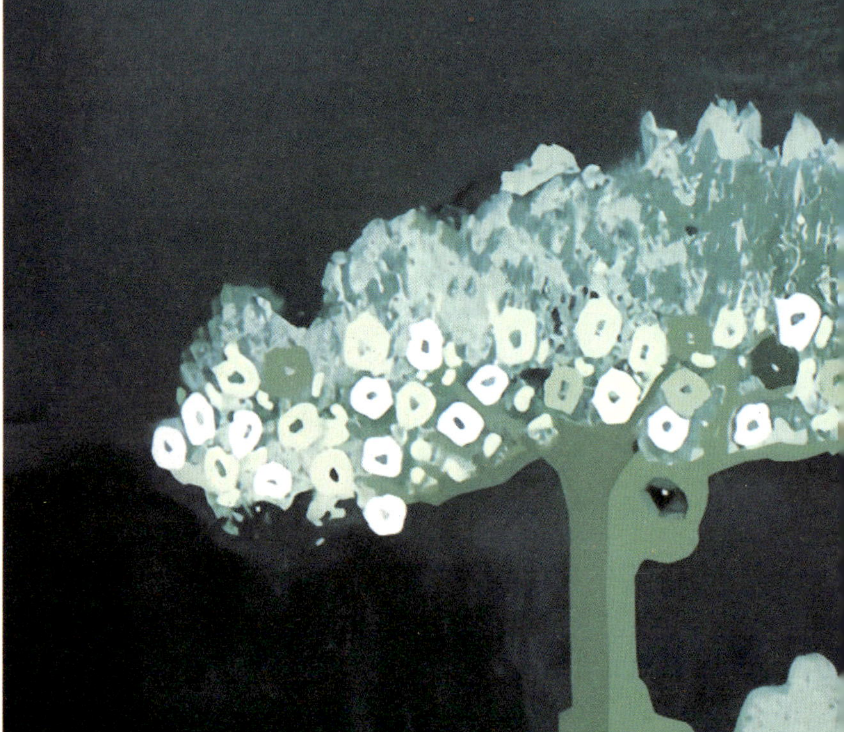

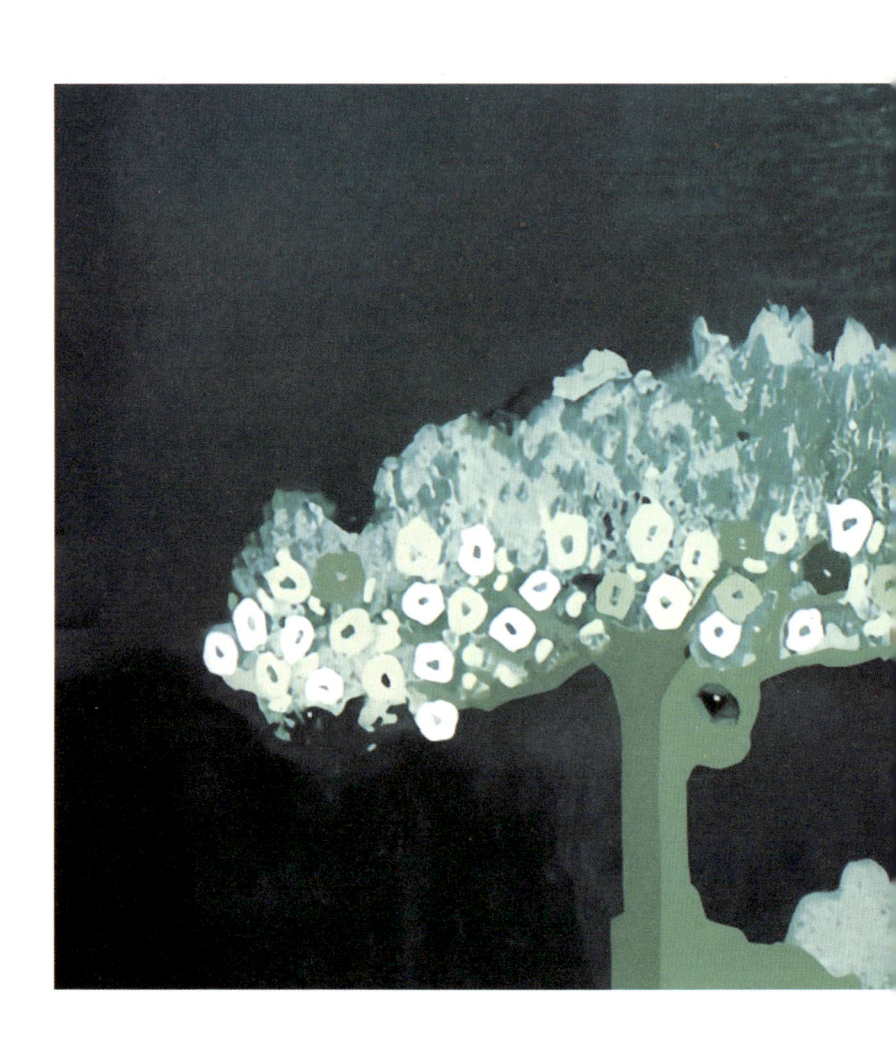

伊甸园

# 拯救

期待已久的拯救

终于到来

我拼命抓住

伸进洞口的手

疼醒了

我的右手

死死掐着

我的左手

拯救

## 偏心

一个人来敲门
问我为何不跟他走
他和你一样
笑容好看,声音好听
天哪,我认出来了
他是年轻时候的你
可是,可是,
我还是借故支走了他

我是偏心的,也是决绝的
为了现在的你
我再一次错过了
从前的你

错过

## 必须

大屏幕在滚动播出公益广告
只有一幅是我喜欢的
无法定格画面
因为无法定格时间

为了再看一眼想要看的
我耐住性子
站着看完所有无趣的画面

就像抵达目的地之前
必须经停一个又一个
途中的站台

就像最亲切的面孔之前
隔着一张又一张
无感的脸

就像最亲切的面孔之前
隔着一张又一张
无感的脸

# 我有一棵树

梦里的清晨

我来到你的村庄

这里的人

都有一棵自己的树

我是新来的,两手空空

大山的远影里

充满了不规则的小路

一位白发长者

捧来一株绿苗

他蹲下身

土壤立刻变得蓬松

只"沙沙沙"几下

他就把小树深植于地下

不需要水和铁锹

我开心地向上蹦跳

越跳越高

我有一棵树

冲破了低矮的屋顶

挣脱了地的引力和风的阻力

现在，我也有一棵

与自己同名同姓的树

根在泥里，花开枝头

我们的皮肤上

长着相同的指纹和相通的涡流

# 来吧,梦

我迷上了你黑色的天空

你让我长出翅膀
我用飞翔报答你
为你运送不会凝固的血液

我用啃过的果核垒成剧场
用土话、粗话、狠话、脏话客串自己
第二天,再红着眼睛
堵戏里的男主
让你的预言成真

遮羞的叶子已经落光
黑暗中,我卸下装备
再也不愿像白天那样
戴着墨镜,说相反的话

你让我长出翅膀
我用飞翔报答你

梦啊,你是离神最近的地方

在你那儿,我无数次见证过

时光倒流

死而复生


来吧,梦

我给你

眼泪、欢笑、记忆、履历

你给我

穿越、逆行、红花、当归


夜幕降临

我席地而卧

听空心的沙子发出知了的叫声


来吧,梦

在你魔幻的衣袂里

我的一切都是真的

没有伪装和犹疑

有的只是驯服和顺从

来吧,梦

我有两条命

我在不知不觉中睡去

又在变频的心跳中

重回危机四伏的人生


来吧,梦

# 气味

一切越来越不可靠

当山峰变成孤岛
岩石化作齑粉
当四季越来越错乱
昼夜越来越颠倒
……

多么庆幸
我的嗅觉还在
还在与我的传感一起
逆生长
灵敏到,只需要一微粒的化合物
就能锁定目标
只需要一微秒,就能完成
从静止到加速

黑暗中,万籁俱寂
萤火虫光尽而亡

最后的庇护所

我的视觉、听觉已被屏蔽
嗅觉,只有嗅觉
为我捕捉最幽微的气息
引我找到荒原里
最后的庇护所

## 梦有一张多变的脸

我早已不属于自己

上帝把骰子扔到了
谁也找不到的地方

规则和暴力
无法束缚我们
唯有命运之神
翻手为云，覆手为雨

子弹呼啸而过
然后戛然而止
孩子们在爆炸声中
进入了成人世界

屋外围着商场
门口坐着代购
我掏出崭新的人民币
想要一款新上市的口红

安静下来时
我们通过梳理毛发
表达信任与宠爱

一只蚊子

被我拍死在蚊帐上

另一只蚊子飞进来

驻足于刚刚那片黑晕

梦有一张多变的脸

人们看不见你

只看到我在发着光旋转

安静下来时

我们通过梳理毛发

表达信任与宠爱

时间沿着虚方向伸展

就像我们的爱

没有起点，也没有边界

## 我被自己扬起的沙迷住了眼睛

意志越来越薄弱
必须抓住什么

彗星一次次接近太阳
边缘处的冰不断被蒸发

误打误撞,坠入一个暗星带
这里的生命
只有鱼的记忆

天赋无法帮助我们区分
猎物与野兽
眼睛无法告诉我们
有毒和无毒
月亮,是一秒钟前的月亮
太阳,是八分钟前的太阳
星星早已死去
星光,不过是它们的魂灵

我被自己扬起的沙

迷住了眼睛

冬天的游乐场

重复着归去来的故事

依稀的阳光里

我被自己扬起的沙

迷住了眼睛

# 远方

迎着万丈光芒

向远方奔跑

低矮的灌木丛

伸出蛇一样的臂膀

拦住我的去路

我们对峙着

我一动，它就"吱吱"地长高长粗

安检通道上

我被拦下

配合地直立、转身

背对我要去的远方

伸出臂膀，举起双手

背对我要去的远方
伸出臂膀,举起双手

# 红马

被黑衣人追赶
策马而逃
这是一匹砖红色的马
温顺又彪悍
驮我西出阳关

在驿站
我换上银色防护服
为受伤的脚踝打上绷带
马笼头的卡扣坏了
怎么都修不好
马身上又多了几道新伤
它们将和那些老伤一起
伴它终生

黄沙漫漫
我骑着没有缰绳的马赶路
行囊里的锅碗瓢盆
蹭在一起

发出清脆的叮当声
红马无师自通
娴熟于我"驾""喔""吁"的号令

山路险峻
仿佛世界的尽头
尖叫声中
红马驮着我飞了起来

升腾,升腾
地在晃,天在动
升腾,升腾
云霞瑰丽,天空蔚蓝

我猛拍红马的脖颈以示嘉奖
它转过头来看我
那是一双天使的眼睛

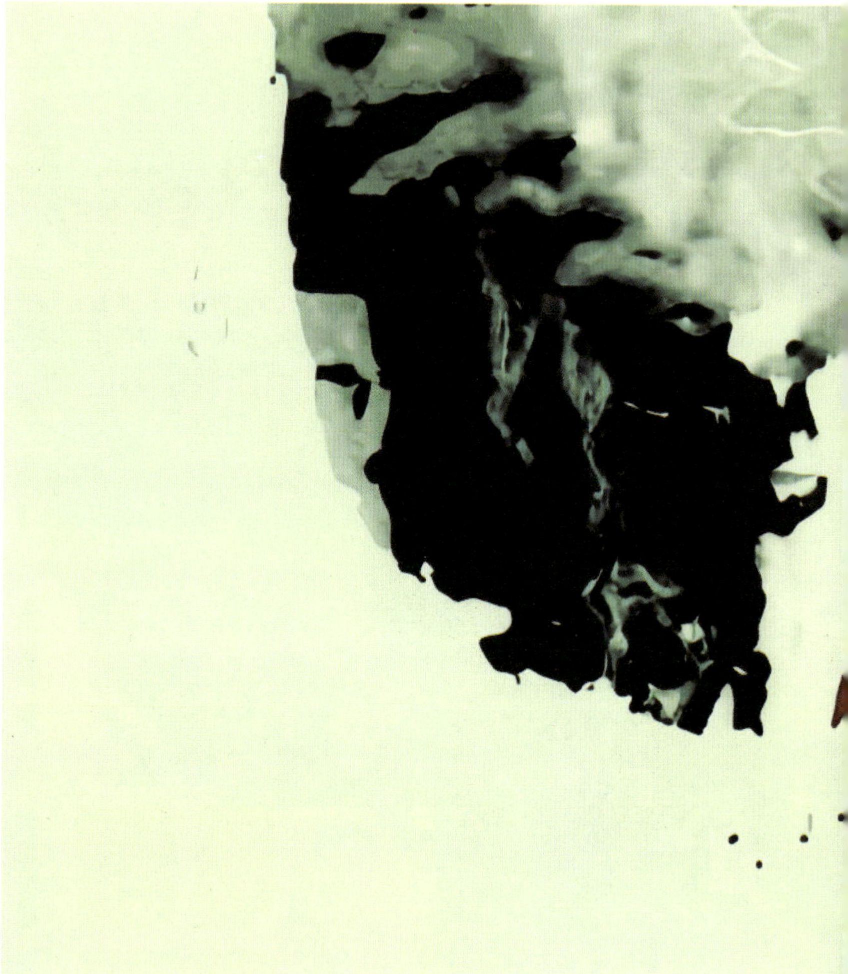

红马

# 变形记

我能吃下比我体积还大的水牛
先是在对峙中把它咬伤
然后躲在暗处
静静等待猎物中毒后倒下
搏斗过程中我可能受了点轻伤
那也不过十来口咬痕而已
贪吃、多吃
是此刻唯一明智的选择
这餐饕餮，来得正是时候
我一口气吞下一个月的卡路里
足够我反刍半个月，再缅怀半个月

无所不能的梦
让我在月光如水的夜晚
变成一头力大无比的巨型蜥蜴

无所不能的梦

# 在石门关

农民翻晒着土地

播下新的种子

篝火闪动蛇的鳞光

跳舞的人们戴着怪兽的面具

我被带刺的草籽粘满全身

它们想跟我一起

奔赴未知的远方

山道弯弯

我们与溪流同行

却并不合拢

树叶稀落的枝丫上

小鸟唱着对的歌

引来了错的风

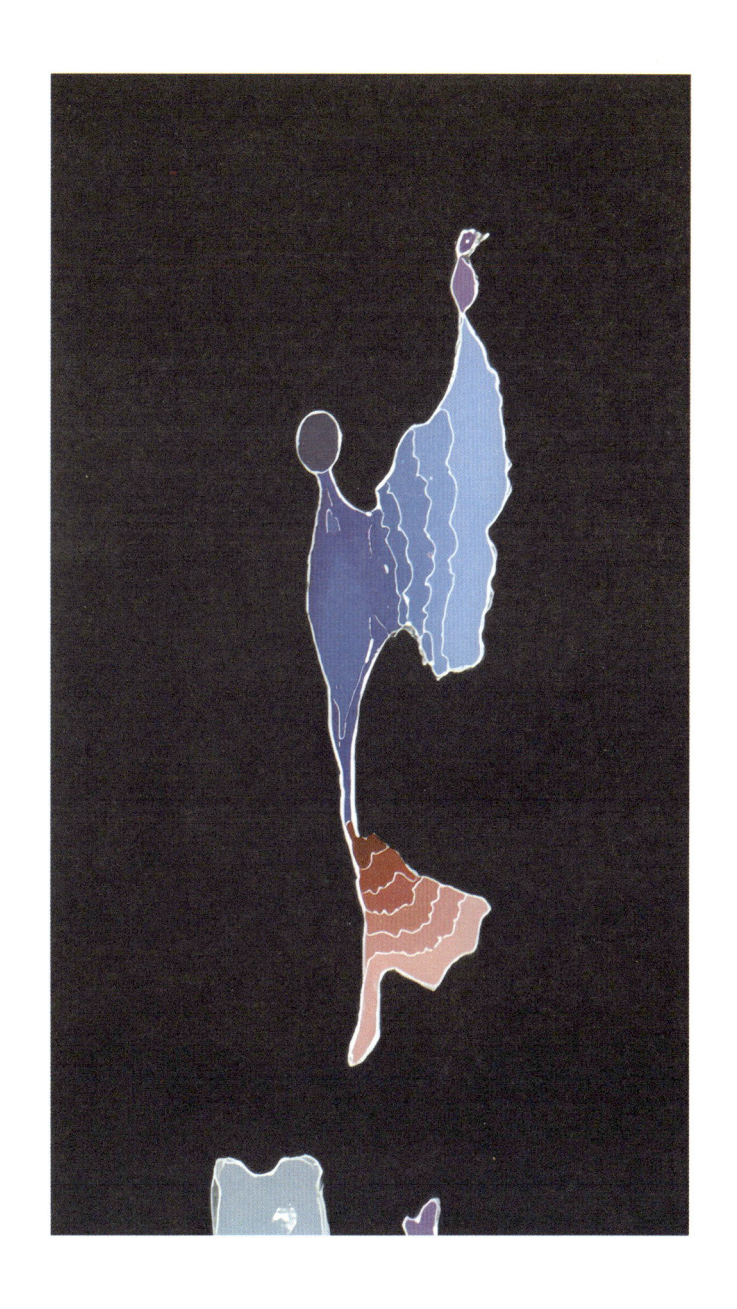

我梦见了孔雀开屏

我梦见了孔雀开屏

那不只是视觉的盛宴

还包含着声音的秘密

# 备忘录

我是心软的懒人

喜欢收容无家可归的汉字

让它们牵着我走

一路上，它们蹭我，我蹭它们

梦到过的场景和人

常常愕然地重现

有敲下文字的不同时间为证

写得多了，话就少了

这也许是我在这个爱唠叨的年纪

还没那么烦人的奥秘

击中我一次的文字

一定会击中我第二次

我不能轻易放过它们

我迷恋被击中的瞬间

我迷恋被击中的瞬间

我愿意为此——

再死一次

# 兽

我早已不属于自己

被关太久
必须到对面山上放放风
我们的身体
藏着爱人的牧场
圈着自家的小兽

隆起和凹陷
是岁月咬下的齿痕
我们的角色
就像我们的性别
出生前已被钦定
结局，不可更改
我们正走在
倒推回去的路

许多时候
我们来到河边
不过是为了
甩动氅蓬的毛发

被关太久
必须到对面山上放放风

映照自己绿莹莹的眼睛

河谷里的蛙鸣
此起彼伏
那是夜归者
提前拥抱上来的家

# 替身

在雨中漫无目的地流浪
羡慕每一个有家可回的人

没有烟酒可以麻醉
只能干疼
茫茫人海里,有谁听见了
捂住的呻吟

坏消息商量好了似的
结伴而至
心被多角度撕扯
头被按进了水里

从前的那个我
已经死去
我成了她的替身
那是一场没有分娩的诞生
没有葬礼的转世

曾经那么那么害怕爱的不确定
现在的我，只向生命的不可逆低头

她的面容还是那么年轻

我正以看得见的速度老去

曾经那么那么害怕爱的不确定

现在的我,只向生命的不可逆低头

# 易碎品

自动托运处

服务员递我几张易碎品不干贴

啪,啪,啪,啪

我把它们依次拍在行李箱的前后左右

剩下一张

捏在手上,过安检

"易碎","液态"

"小心轻放,请勿倒置"

我也是一件

被命运不停摆渡的

易碎品

易碎品

## 最黑的夜，才有最明亮的星星

现在是旱季

越来越低的水位

把胡鲇的一举一动

都出卖给了秃鹳


现在是旱季

露水让朽木长出毒菇

说谎的人

挤出不对称的笑容


现在是旱季

摩擦、压榨、烘焙和发酵

既是在损毁，也是在激发

可可豆的香气

现在是旱季

我们一次又一次

在没有水的地方种树

我们柔软的嘴唇

不得不吞下又多又硬的棘刺


剧烈的地质运动

把平坦的原野挤压断裂成

火山、冰川、悬崖、瀑布

不断收缩的胃部肌肉

把那些咀嚼过的苦味

再次推送到咽喉


最黑的夜

才有最明亮的星星

月球表面被撞击和踩踏过的痕迹

永远也不会消失


有雾的黎明

我将身体朝着微风吹来的方向倾斜

让皮肤和毛发收集到更多的水滴

让发叉的舌头

搜寻到雨的讯息

春天到来的时候多好啊

我们会跟熬过冬天的动物们一道

不分昼夜地进食、嬉戏

到那时

即使最微量的降水

也会被草木吸收

到那时

长颈鹿时而打斗，时而偎依

到那时

清晨的水汽飞上天空之河

午后再以雨的形式落入泥土

到那时

刚刚形成的沙漠湖泊

已经有了小鱼们的游动

到那时

我从深海里游出

像是重获了新生

……

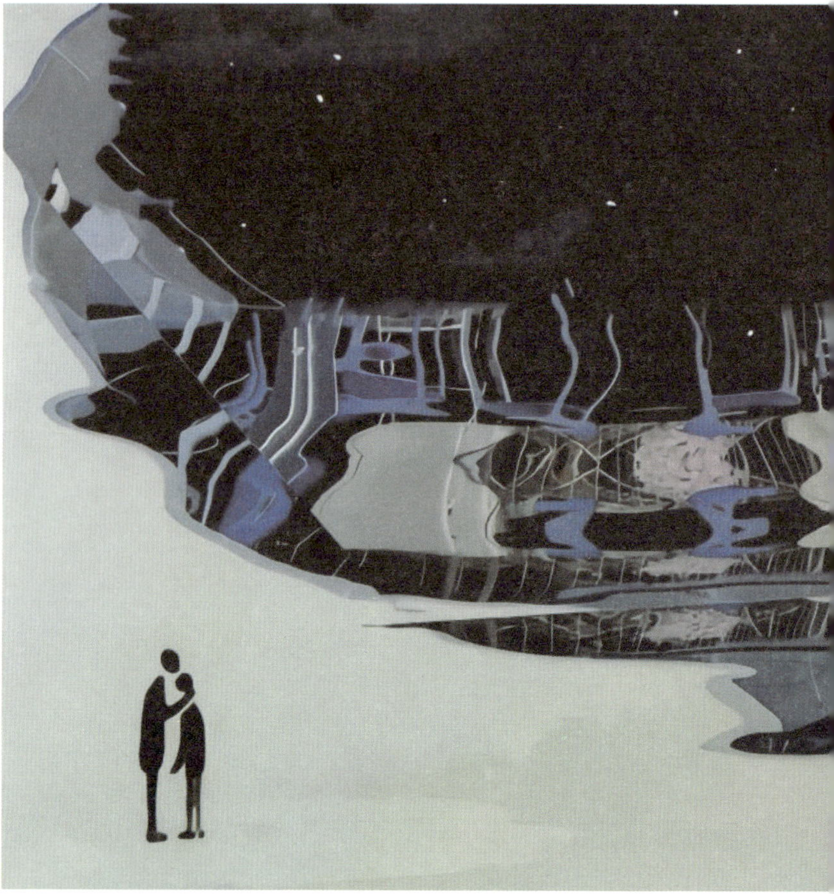

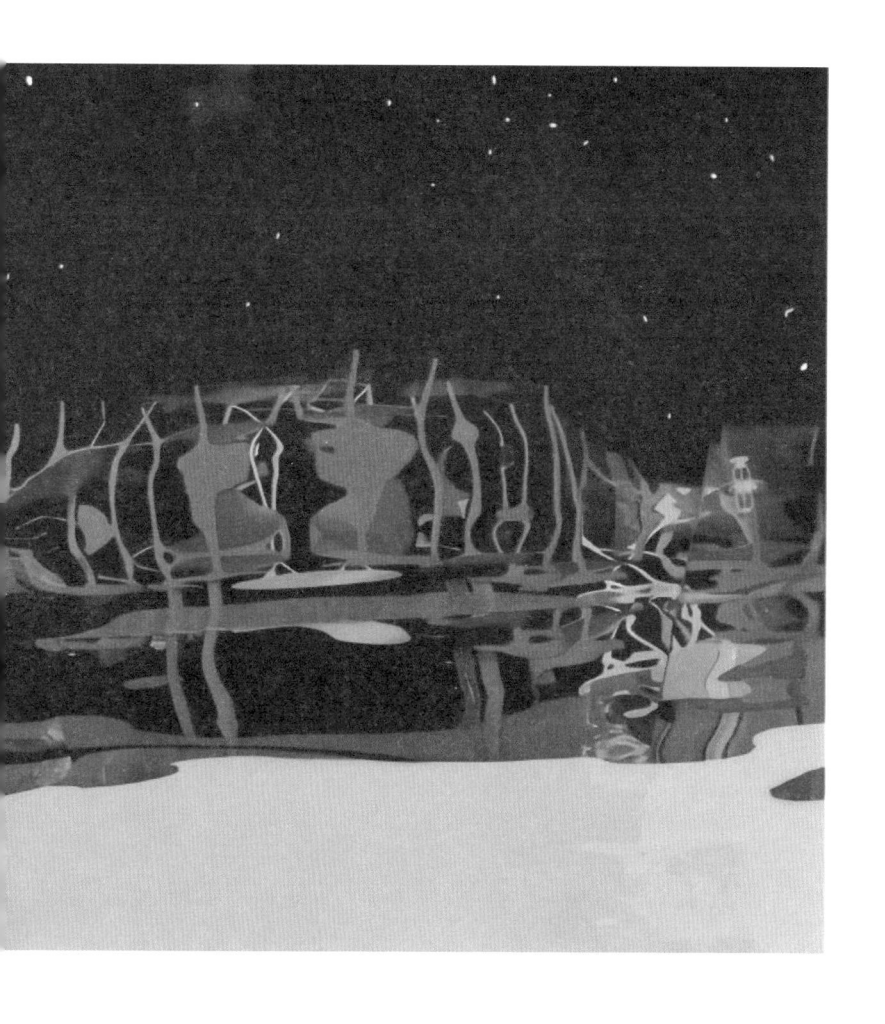

最黑的夜
才有最明亮的星星

第三辑

# 我和你

## 你为我的双脚画满星星

雨燕在瀑布里沐浴

天鹅用翅膀战斗

白鹳以树叶铺床

蝴蝶扇动海上的飓风

我的鞋子跑丢了

你为我的双脚画满星星

一只毛虫爬到我的伞里

它把伞当成了树

续命的果实

不是长得太慢,就是熟得太透

我总是问放心不下的事儿

却又羞于说出爱情

续命的果实
不是长得太慢，就是熟得太透

我们没有被死亡吓倒

却已经败给了永恒

说话的时候

四周的一切正分崩离析

就像我们的身体

不再长高,却永远变化无穷

# 与此同时

二宝开始扎牙了
流着涎水

老狗 Seven 的门牙脱落了
不知掉在何处

大宝开始识字了
太外婆记账时困在了"糖"字

同事的爱人脑出血昏迷
朋友的孩子因认生大哭

一家人搬走了
另一家人搬进来

一群人涌出地铁
更多的人往里挤

与此同时

前老总走了

新老总来了

你抬起头来

我低下头去

我们一起望天

天，正俯瞰着大地

## 我甚至,爱上了自己

我爱经过你的事物,比如

你撩过的水

写过的字

摸过的绸缎

赞美过的阳光和雨

我甚至爱上了,想你时

淬出的火苗

揉出的泡沫

错过的路口

剪坏的花布

你的魔法

来自将地球中轴撞歪 23 度的

神秘星体

是你,滤出了我的美好

帮我完成从半成品到成品的加持

让我成为一颗能发光的微粒

我甚至
爱上了自己

我早已不属于自己

我本来更爱荒无人烟的山峦
因为你
我爱上了庸俗的红尘
我甚至爱上了
因你而起的梦里
千篇一律的功亏一篑

我甚至
爱上了自己

## 我是一颗有理想的种子

一粒草籽的好运

莫过于被蚂蚁相中,搬移

离开母亲另立门户

但我更渴望用果实里的油质

诱惑觅食的鹿唇

再由鹿群带着我

横跨欧亚大陆

四只蹄子的风啊

你快来吧

快带我走

我没有翅膀,也没有爪子

有的只是日积月累的耐心

我是针尖般微小的火山

没有人知道它会什么时候苏醒

六条舌头的风啊

你快来吧

快带我走

我有一颗勇敢的心

我有一颗勇敢的心
想像萤火虫那样
即使头被螳螂吃掉
尾部仍然闪烁不停

千回百转的风啊
你快来吧
快带我走
我是一颗有理想的种子
我要活下来
还要到远方去

## 安抚

水太凉,天太冷
我戴上水红色的橡胶手套

暖和了,也安全了
以失去灵敏和深切为代价
淘米、洗碗、剥蒜、切肉
仿佛在用别人的手

没事的
慢慢就习惯了
隔着手套
我用左手安抚右手

没事的
慢慢就习惯了

# 同步

大年初一
给大宝小宝拍合影
两人仿佛商量好似的
一个向左,一个向右
一个看天,一个看地
一个笑,一个哭
行为和表情的同步如此之难
即使,他们是亲兄弟
即使,他们穿着同款同色的新衣
……

多么希望,他们能够听话地
一起笑,一起唱
一起举手,一起站立
哪怕一起说声"茄子"或"哦耶"
可是,没有,没有,没有
新春第一天
大宝和小宝在我镜头里的同步
一次也没有

同步

## 母亲节

吹鼓我衣衫的晚风

也曾吹乱母亲的短发

我在惠新西街卖力地蹬车

母亲在遥远的中年

弯着腰搓洗被单

我们都不说话

都无法让自己慢下来

母亲

# 父亲节

墓地管理员从一沓生死簿里

翻出我的电话

还有爸爸工整的签名

在丛林里

我们找到了 71 排 41 号洼地

疯长的蒿草随风飘摇

像是在为主人祝寿

爸爸掏出电话本

一笔一画写下

左右两侧墓碑上的名字：

这是我和你妈的邻居

将来要串门、下棋、问路

父亲

# 姐妹

前年中秋
妹妹帮我拔白发
她说，你的头发细又软
像咱妈

去年冬至
我帮妹妹拔白发
我说，你的头发粗又硬
像咱爸

昨天晚上
我俩相互拔白发
一聊就是大半夜

今天早晨
我俩迎风出门
拢着越拔越多的白头发
她去虹桥
我去浦东

姐妹

## 星星像是月亮的孩子

闪光的云团
突袭了大地

我们爬上树
树上住满了动物
只有一根树杈是空的
但细得只能承受一个人的重

我们从树上滑下来
冒着遭遇野兽的危险
吃岩石上的青苔
舔泥土里的草籽和盐

每天清晨
我们怀着渴望
飞到偏僻的水塘喝水

每天午后
我们沿着根系编织的云梯

向着有光的高处攀援

现在是夜晚,亲爱的
喧哗已过,月光如水
星星像是月亮的孩子

# 较量

被嗡嗡声吵醒
坐等半个小时了
仍没有动静

为了腹中的胎儿
这只蚊子多么沉着
为了熟睡的宝贝
我决意耗到天明

这是一场人与蚊的比试
也是一个母亲与另一个母亲的
较量

宝贝

# 排椅

急诊 CT 等待区
一个男人在酣睡
排椅为床,挎包为枕
一个少妇在发呆
排椅是她冰凉的靠背
两个学龄前女童
追逐、打闹、游戏
她们把排椅当成吊桥和滑梯

发呆

# 衣橱

我把我的衣服

分为三六九等

它们有不同的洗液、衣撑

不同的悬挂位置和晾晒顺序

我穿着它们

去不同的场合

见不同的人

新成员不停加入

失宠者不断离席

我的衣橱

有俯首听命的老臣旧丁

也有新近诞生的王子、公主

而我，一直都是那个

偏心又固执的王

我把我的衣服
分为三六九等

# 献诗

"靠近你

是了解你的唯一方式"①

一颗沉睡多年的种子

等来了属于自己的春天

满怀希望的孢子

在雷声中打开轻盈的身体

菌团的液压已至临界

最轻微的触碰，足以引爆，喷射，炸裂

好斗的植物们

日夜争夺阳光和空间

渺小的我

不屑于拼抢

执着于搭建自己宏伟的巢穴

干旱在持续

我在时间的缝隙里

长出了手风琴的褶子

花开的早晨

我把采来的花蜜存放在腹部

花谢的黄昏

我安闲地清理触角和翼羽

爱与痛

让我们离得更近

不知不觉的下坠中

"只有文字成了永恒"[2]

①②费尔南多·佩索阿语

# 引力

引力让河流交汇
让山峰陡立
让道路崎岖

引力让枝叶伸展
让果实垂落
让树木扎根丰腴的大地

引力为我们拨开璀璨的星空
为我们藏起月亮的后背
让我们不停地陷落与沉浸

引力让仙女座与银河系
越来越近，越来越近
慢慢地融为一体

引力将我们放逐于时间的边缘
让我们呼吸春天的气息时
站在最靠前的位置

引力将我们放逐于时间的边缘
让我们呼吸春天的气息时
站在最靠前的位置

## 新年问候

为了抄最近的道回家

我放弃了最美的风景

月亮引发地震和潮涌

地球放慢了转动的节奏

你带我走上被水淹没的路

攀爬没有蒿草也没有树根可以抓握的墙壁

冻土地上的村庄越陷越低

凝固的空气

需要一把锋利的刀刃

我们撒红包给漠然的族人

穿着白衣转圈，叩首

像朝圣者那样虔诚

当长老念完咒语

我在你面前

变身挽着发髻的女巫

河面越来越宽

离开没有窗也没有门的犄角

我在零度的沼泽里

吐出丝线

黏造可以移动也可以休眠的茧房

为了给你你想要的

我倾尽了所有


一块深褐色的天外来石

喷着暖雨,吐着薄雾

信使一样围着我们上下翻飞

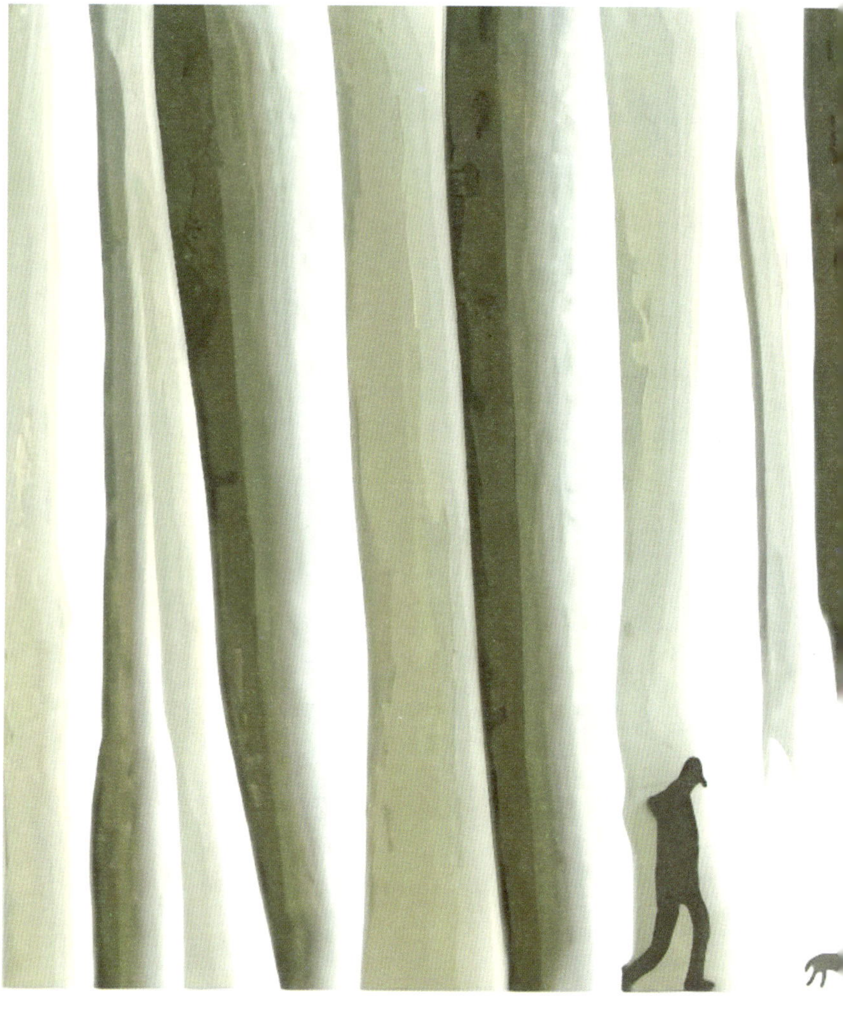

为了抄最近的道回家
我放弃了最美的风景

# 我选择低调地生活

我选择低调地生活

偶尔也会戴上面具

因为我有珍爱的幼崽

需要喂养和藏匿

距离考验猎豹的速度和耐力

喧嚣淹没了它们彼此间的呼唤

危机四伏的运命

被大自然的概率与算法掌控

你被大雨淋透了

我没有毛巾,也没有衣物

梦醒了

我的远行被鸟鸣叫停

旱季就要来了

湖泊将变回沼泽和泥塘

甚至化为乌有

动物们将在跋涉和忍耐中

我们来自海洋
却被围困于陆地

等待下一场降水

冬天就要来了
天空将变脏、变暗、变灰
寒冷和干燥
会让我们的肌肤和神经一起变薄变脆

我们来自海洋
却被围困于陆地
我们重逢在过去的光里
又将消失于未来的闪电

# 亲

我们如此密不可分

仅次于我与自己

我的心原本已安静下来

你一来便火花飞溅

最轻易的碎裂

最神奇的弥合

温情的对手太老辣

总是找最薄弱的地方下手

不需要伏笔和铺垫

而我，总是那个先服软的人

那个怄气的傍晚

有人"砰砰砰"敲门

你伸手帮我拉了拉宽大的领口

我们仍不说话

遗忘的潮

一天天围拢

只有可再生的爱
能够活下去

终有一天

会淹没所有的山脉和峡谷

而你,将是我最后被归零的记忆

我沉溺和细啜

每一次都仿佛是最后一次的

失而复得


只有可再生的爱

能够活下去

家谱里

我在上面

你在下面

生物链上

你在上端

我在下端


你已长大

我怀抱着

将来累你、气你、诓你、叫你"妈"的人

# 小宝

推小宝遛弯儿
他犟着指向路边的减速带
他一点也不喜欢平坦
他喜欢凸凹不平的颠簸和起伏

下午茶时间
我把他的加餐排了序：
核桃、酸奶、荔枝、饼干
想让他从甜度最低的食物吃起
可他一把抓住了小熊饼干

早餐吃水煮蛋
小宝把有裂口的分配给我
他挑了最光滑漂亮的那个
"反正都会破的！"
每次我都会这么说
每次他都当没听见
他要亲眼看见并亲手完成
一个鸡蛋从完好到消失的全过程

小宝

# 自白

我用锯齿状的花纹
制造出我有更多花瓣的假象
让你因此更爱我

我用皮肤和肺一起呼吸
我通过地面和水面的震动
感受爱的临近和远离

我时常被回忆和想象打败
做过的梦,比撒过的谎更容易忘记
定点的占有欲
极有爆破力
很小的一个伤口
就足以致命

最深处的话
像刚孵化的小鱼
我含在口里
不敢让它们暴露于危险的湖心

最深切的萦绕

才会变成最真切的幻听

我加密了我的梦

有暗号的人才能够进入

我用理性包裹我的感性

就像地壳包裹着岩浆

我是自己诗里的女主

过着被我记录、被你阅读的生活

# 读我吧

我早已不属于自己

读我吧
一个字一个字地读

一把宝剑
正在大海中淬火
一群天鹅
正为爱的使命迁徙

读我吧
我是你一个字一个字码出来的书
你想要的
我这里都有

读我吧
一个字一个字地读
把我读活
把我读死
把我读醒
把我读哭
……

我是你一个字一个字码出来的书

# 童年

今天，我提前半个小时去接大宝
没什么特别的理由
只是突然想到了童年
眼睁睁地，看着别人家的孩子被提前接走

曾有个同班的小朋友
上课时睡着了
老师让他平躺在围起来的小椅子上
给他盖上外套
几天后
我也如法炮制了一回
没有人看出破绽
包括当老师的妈妈

不过就是为了众目睽睽之下
一点小特殊
一点被重视，被关怀，被爱
……

童年

## 我所有的成长，都源于内心

我长出六个翅膀
越飞越高

大气足够稠密
让我能够在空中悬停
飞翔，是与重力的对抗
当我飞翔时
我感觉到了空气的存在与流动

我曾在空中目睹一个湖泊的消失
我看到动物们四散逃往家的反方向

比起飞翔
我更爱潜泳
我喜欢水下的平原、峡谷
海底的暴风雪和间歇泉
还有，比陆地上还要多的火山
比珠穆朗玛还要高的巅峰

我所有的成长
都源于内心

我所有的成长

都源于内心

就像地球最强烈的演变

都发生在海底

你剪开我的绳索

还原我的天性

让我自由地潜入海底，飞上天空

海浪之下

隐藏着密集而非凡的过程

我无法成为飞得最高的人

却一次又一次地抵达

最幽深的峡谷

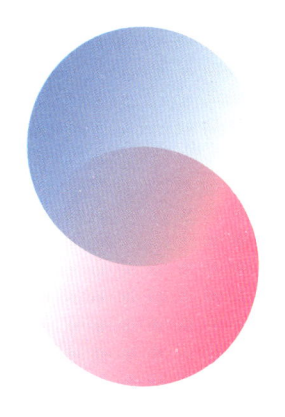

第四辑

冰与火

## 我想要真正的夏天

夏天的落叶

比秋天还多

我的快乐和忧愁

来自同一条执着的河

花衬衫上的纽扣掉了

我翻出一截褪了色的线

一根没有眼儿的针

天色暗下来，雷声阵阵

我来到窗前，想起你

远方恰好亮起一道闪电

我又开始在多边形建筑里

喃喃自语了

那些及物的、不及物的动词

从来不曾被听去

夏天的落叶
比秋天还多

征服是会上瘾的

但我更喜欢

心甘情愿的沦陷

我想要成为你梦里的女王

由你为我披上斗篷，戴上花冠

我想要醒来的时候

环抱我的田野森林永远不会消失

神啊！

我想要真正的夏天

真正的夜晚

我想要捕捉看不见的爱

我想要在无花果树上

寻找怒放的花瓣

神啊！

让风吹过沙漠和湖面吧

吹出好看的沙丘和波纹

让我的羽毛更加紧实和柔软吧

柔软得扇动起来没有声音

让我们的生命按最简单的数学方程式

不规则排列吧

让橙色的火苗

回到第一次燃烧的地方

在最微小的尺度上重复自身

"神啊!

如果你愿意的话,请下雨吧!"[①]

我将在雨中体验风的流动

我要用手掌、鼻梁和舌头

感受雨的压力、质地和温度

夏天的落叶

正一层层覆盖过去

……

①引自郭良鋆译巴利语佛典《经集》,中国社会科学出版社,1990年版。

# 骑士

我早已不属于自己

多少年了
你被蜂拥的人群围住
偷偷地触碰
流连你的人越来越多
来自不同的种族

滴水不漏的盔甲
遮蔽你
或许勇猛
或许冷酷
或许老泪纵横的脸
你是守护者
不容许有疑似软弱的表情

熙攘的间隙
我仰起下巴睨视
做出性格里匮乏的威武状
有你在
我也需要所向披靡的时刻

你对我

始终像空心的躯壳

我用想象填满你

然后当作偶像发着低烧拥戴

江山已老

河流已枯

这些都不足以让我揪心

我的骑士啊

我只是不甘——

我以谦卑和誓言

滋养你的英气

你却用它

倾倒众生

## 没有月亮的夜晚

黑夜的牙齿

一直在生长

它用爪子认路


月色越来越暗

吸血蝙蝠在寻找血

卷毛狼蛛用丝线布控


角马不敢睡觉

它们用听力感知危险

鲨鱼借助人工光源

通宵都在狩猎


没有月亮的夜晚

光无法照到地面

仙人掌选择在黝黑里开花

我们在一片嘈杂中

保持着安静

我以之字形飞行找到你

再用超大的耳朵

倾听树心里的振动


白天累积的水汽

化作夜半时分的倾盆大雨


没有月亮的夜晚

充满了恐惧

也充满了奇迹


没有人知道

今夜是满月

没有人知道

看不见的月亮

如何让潮汐涨到了最高

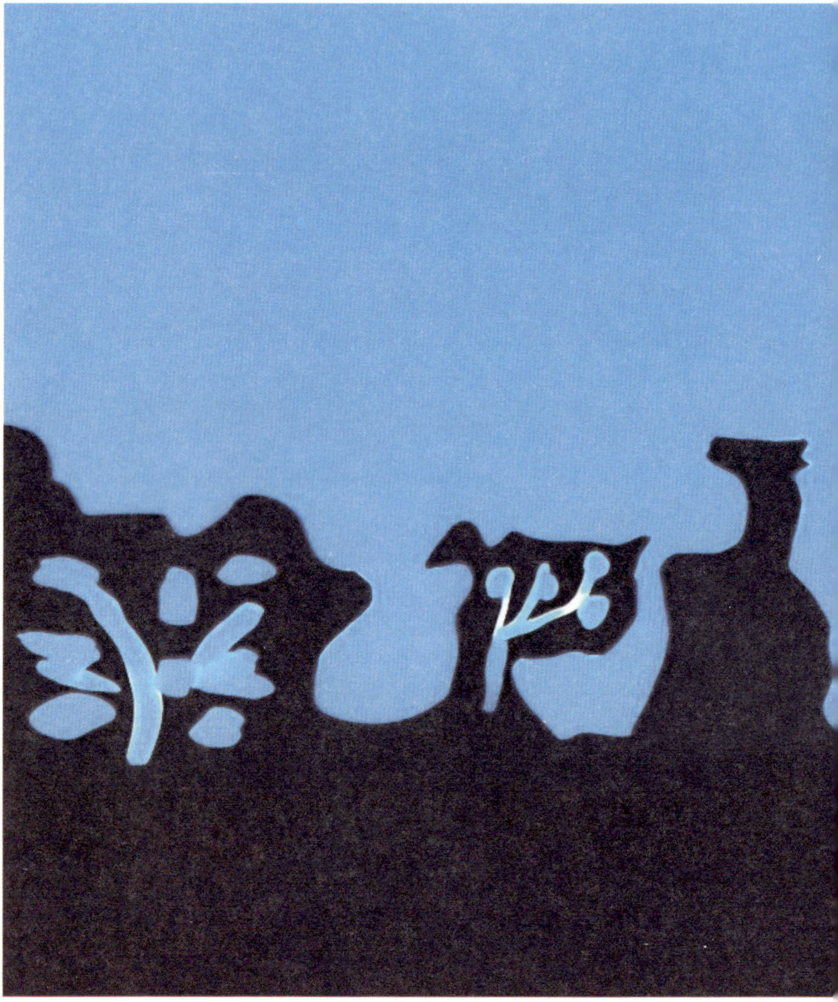

没有月亮的夜晚

# 左右

我的伤痛，都在左边
左肩、左肋、左拇指、左脚跟
我的福报，都在右边
任性、晚熟、无拘、无束

左和右都是我的孩子
却各有各的命数

我早已习惯了
这喜忧参半的生活
我早已习惯了
右眼笑，左眼哭

我早已习惯了
右眼笑，左眼哭

# 悬浮

漆黑的夜
亮起一道道闪电

我的身体
被耀眼的光激活
搭建起新的轨道和链接

我在静电产生的悬浮里
收获盐
收获白色的金子
我用眼泪为自己治病

啸叫的声音
把我从梦中惊醒
我费了好长时间才弄清
声音来自昨晚那场大风

五彩的坛城刚刚建起
就要抹除

我在静电产生的悬浮里
收获盐
收获白色的金子

我们把收起的沙子

一点点倒入时间的河流

从来没有过的空

在我心里长满了洞

我没有草，也没有土

除了填字，我别无他长

可字是凉的、冰的

只有你读它们的时候

它们才会复活、发热、苏醒

熔岩的蜡已冷却为岛屿

新的海洋正在形成

我们又开始像骆驼那样

面朝大漠，负重踽行

# 徽章

月亮在转动

苹果在坠落

星空向我压来

流沙覆盖了大地

风用一个转身

为一场暴雨

画上突兀的句号

我像一只温顺的绵羊

被主人烙上所有权的标记

它的颜色,像

中东的小麦

新几内亚的糖

埃塞俄比亚的咖啡

安第斯山的马铃薯

它的形状

有对称之美

像北方的山梨

夜深了

南方的浆果

长着六片桨叶的星菓藤种子

我的胸前

养育着银河系最小的旋涡

等待着太阳光穿越一亿五千里的

照耀与加热

天冷了

我长出深色的翅膀

为了更多地吸收热量

夜深了

我跟着自己在动，在忙

在回忆中游荡

夜深了

我把我的徽章亮出来

像是亮出了一枚青春的标志

# 呜咽

午休时间
楼上在吵架
一个男人和一个女人
用我听不懂的口音

分贝不断递增
发叉的声音
蛇一般缠绕
像他们曾经紧抱的身体
然后,传来了呜咽
然后,心事重重的烟味飘进窗

两个薄皮核桃
在掌心里相互挤压
先凹裂的那个将被我先吃掉

曾经

# 空

麦苗还没有长高
田野是空的
叶子还没有冒芽
老树是空的
小鸟飞走了
巢窠是空的
瞅不见云彩
天是空的
没有故事
梦是空的
……

到站了
我端起空晃一路的水
一饮而尽

我端起空晃一路的水

一饮而尽

# 领地

坡势越陡,越安全
这里是你的领地

我从贝壳里挣脱
顺着风跑
你用闪电
点燃极度干燥的稀树草原

柳杉林里
你在树叶下、树干上
摩擦你的眶下腺
留下气味标记
再用膨胀身躯的方式
宣示边界
这里是你的领地

爱,有时候
需要用捍卫的凶猛程度来测量
更多的时候

这里更像宁和又温暖的庙宇
开满紧绷再松开的玻璃海绵

白天我们越长越像
夜晚我们从不走散
人生如戏
我们，卖力地扮演
大自然分派的角色
遵从命运隐秘的剧本

谁拥有脂肪和坚果
谁就能扛过严寒
在你的领地上
春夏已成追忆
只剩短秋与长冬的更迭

骰子已经掷出
时间，从来不肯放慢脚步
在你的领地上
你一次又一次，把我
先救活，再毒翻

## 份额

我是老狗 Seven 的百分之百
妹妹的二分之一
爸妈的三分之一
女儿的四分之一
同事的百分之一
上帝的亿万分之一

分数线
从童年开始
把分子与分母
永远地隔开

有一种爱
没有分数线
要么零
要么全部

要么零

要么全部

# 二嫂

高大壮实的二嫂
瘦成了一具木乃伊

下岗补贴刚拿两年多
她就病倒了

"一定要火化"
"一定要火化"
每个晚上她都会念叨这句话

火化的
才有丧葬费
二嫂决意以身为柴
为两个读书的娃
烧最后一顿晚饭

二嫂

# 寻找一场倾盆大雨

雨季里花果繁茂
碳元素以糖的形式进入我们体内
让我们枝叶伸展,分蘖旺盛

雨季里天空洁净
千里之外的大雨
送来河水的灌溉,万物的复苏

许多时候
移动承担着静止无法完成的任务
比如让小溪变回河流
一点点漫过沙丘

雨季已过
雨水带来的恩泽
渐渐远去

道路崎岖
我困顿的后背

触碰到新鲜的坚硬，和
干燥的寒意

云层越积越厚，越飘越远
我随时准备出发
去寻找下一场倾盆大雨

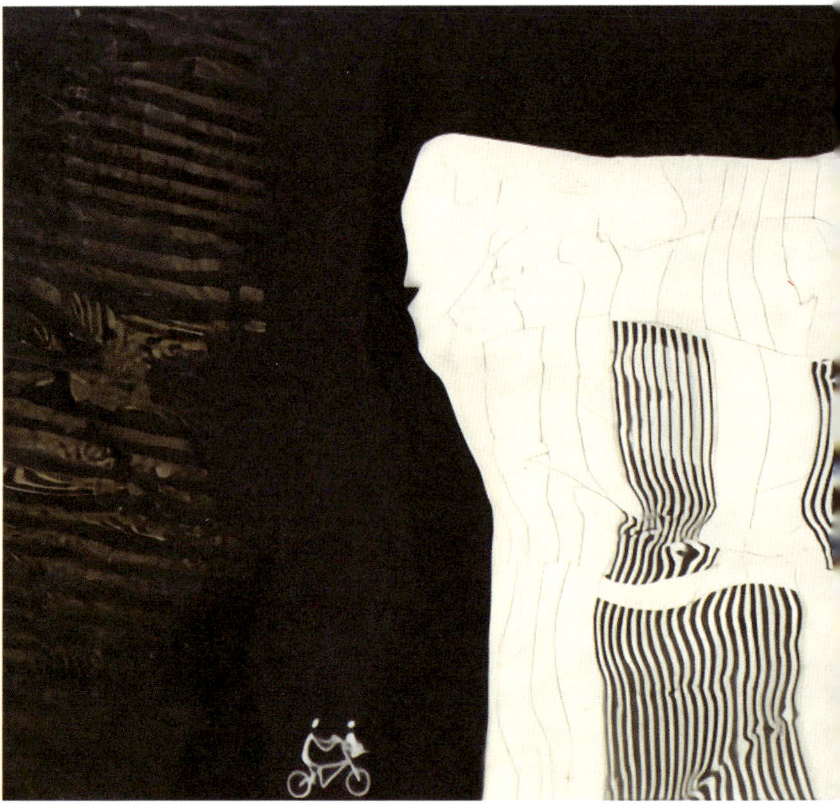

寻找一场倾盆大雨

## 潮水来得正是时候

这个秋天

火山一直在喷发

有了岩浆就有了海洋和陆地

这个秋天

你通过牧草找到牧场

我通过花香找到故乡

这个秋天

万物在生死中转换

猎人和猎物的角色在沙滩上交替

这个秋天

阳光特别充足

蜂鸟的羽毛格外艳丽

这个秋天

雄龟紧紧地抱住雌龟

让它只属于自己

这个秋天
阳光特别充足

这个秋天

栗翅鹰在巨人掌的尖刺上

熟练地降落、起飞

涨潮了

卡在礁缝里的鱼

重新漂浮起来,游入大海

涨潮了

旧的时间

正在生成新的编码和记忆

## 河水够深，才不会封冻

雪天的驼鹿啃开树皮

吮吸有养分的汁液

春天的毛毛虫

吐出丝线，建造蜗居

河水够深，才不会封冻

因为欢喜而忧伤

正在成为

我感受秋天感受你的唯一方式

我们在沉默不语中

咽下嚼烂的文字

然后像细菌一样交换化学元素

并一起发出好看的荧光

舔我的手心吧

让我成为你的主人

驮我在背上吧

舔我的手心吧
让我成为你的主人

让我成为你的孩子

此时此刻

你说的任何话

我都会相信

## 我的被动不是因为迟钝和犹豫

良好的方向感
让我不再满足于徒步旅行

暴雨冲刷着地表
江川涌向大海

我不停地用不锈钢小勺
搅动出咖啡杯里的漩涡、涟漪和激流

终于,我在慌乱的跌落中
第一次学会了飞行
并且完美地省略了助跑和加速

我曾预测过种种细节
却从未预测到真实发生时的
所有情形

透过云层
我看到了钢筋的蒸发

我的被动和慢
不是因为迟钝和犹豫

沙子的融化

我看到了有生以来

最明亮和热烈的事物


我的被动和慢

不是因为迟钝和犹豫

我有着和伊卡洛斯一样

蜡黏的翅膀

注定一生只能在寒冷中悬停


满月的光辉下

我不停地梳理羽毛

让它们变得滑顺整齐

黎明来临时

我躲进沙土

躲避高温和天敌


所有的旅程

都是希望与危险并存

想要飞得更远

就必须背对熟悉的气味和场景


林间空地里

母狮以吼叫的方式

迎接雄性首领的回归

水边岩壁上
我们把唱歌的事交给小鸟
只管跟着蝴蝶起舞

## 在阳光都无法穿透的深海……

在干旱中分离的象群

在雨季重新聚集

寻找蜂蜜的黑猩猩

爬上了巨树的峰巅

久违的化学反应

从梦中回到地面

积蓄已久的压力和张力

以地震和海啸的形式释放

高温的水,从海底的火山岩

喷发出金、银、铁

还有独一无二的养分和气体

一切,因触动而发生

因压缩而升温

曾经那么无知
又那么无助

爱的作用力与反作用力如此猛烈

连地轴都发生了弯曲


曾经那么无知

又那么无助

随波逐流的人无法渡我过河

求你把我抱进怀里的同时

还要抱进心头


一座又一座标红的火山

种子一样散落于时间的版图

铆钉一样钉住我们的未来和过去


一个又一个失去的日子

并没有头也不回地离开

它们在今夜的云影里徘徊

张望着我们

如何在失重的月球上

轻松地起飞


人生，不过如此

在太阳光都无法穿透的深海

上天,一直宠爱并引导我们

如何用一无所有的轻盈

躲过漩涡与暗流

## 我是你划出的火苗

星星越来越少
祖先在草原上的饥饿感
没有征兆地频现

黑夜里
我是你划出的火苗
你用我取暖
用我烧饭
用我照明
用我打铁
你吹出风来让我膨胀
抖动手腕让我熄灭

我们发出有限的声音
组合出无限的意义
我们用自己的输入法
拼写共同的神话和寓言

我是你划出的火苗

光和热，让空间变大

让时间变短

让我拥有无穷的力量

变得既听话又勇敢

上一个秋天

你带我进山

我们采集坚果、蜂蜜和藤条

下山时，你教会我

如何用杉树皮

做成吓跑野兽的火把

如何用竹子和木料

做成涉水渡河的桨筏

这个夏天的最后一场雨

点燃了天边大朵大朵的云

我在发白的裤兜里

摸到了失散多年的那枚陨石

## 雨天，我很快乐

雨天，我很快乐
快乐地增肥、瘦身
用两个碗，盛一份饭
用两个杯子，分一壶茶
或者什么都不做
只跟对我甜言蜜语的人在一起

太冷或太热
会让人神志不清
雨天的温度和湿度刚好够微醺
浮动的草腥味
让我放松了对失去的警惕
爱在风里
在树叶里

下雨的时候，有打雷
闪电从云端的两极迸发
子弹一样穿透雨的身体
仁慈又暴力的宇宙啊

雨天

有谁听见了雨珠落入泥土时的

喜极而泣?

下雨的夜晚

我在梦里虚构自己

下雨的夜晚

纵然没有光,也有影子晃来晃去

雨天

我用指尖捻灭蜡烛的火苗

让木屋变小,变暗,变黑

任意识与潜意识的粒子相撞、相吸

相互湮灭

# 啁啾

春天开出了花朵

也长出了鹿角

毛虫啃过的树叶

是蚂蚁的狩猎场

时间同化着我们的叹息和笑容

底色全黑的时候

我们的眼睛

只剩下白色的转动

急切,响亮,悠长

还是那熟悉的音调和节奏

一年四季

在树上,在窗外,在头顶

不知道是鸟的叫声让我想起了你

还是我一想起你

鸟儿就开始了啁啾

不知道是鸟的叫声让我想起了你
还是我一想起你
鸟儿就开始了啁啾

## 致茨维塔耶娃

你把自己悬挂起来

这样更容易在霞光里摆动

你是"大地的女儿"

你用大地的引力

结束你的人间之旅

田野依旧荒芜

像是被遗弃的战场

你最后一个脚印

像是昨天留下的

叶拉布加没有可以改变它的空气

你的构成与恒星同宗

你每天都在燃烧

眼睛、耳朵、鼻子、舌头,还有意念

隔着万水千山也要为另一颗心燃烧

厄运像俯冲而下的瀑布

追着你

你把自己悬挂起来
这样更容易在霞光里摆动

噩梦，承载着你清醒时的恐惧

你在大爆炸肥沃的灰烬里

书写奇迹、危险和秘密

现在是深秋

满地的落叶

每一片都像是伤口

茨娃，属于你的那片

已被密集的弹孔镂空

此刻，是你最爱的黄昏

心怀羞愧地想起你

不是因为晚餐太过丰盛

而是求真的冲动

又一次屈服于求生的本能

一百年后

我们念诵你的诗句向你致敬

一百年后

你还在为抛下孩子解脱自己而歉疚吗？

茨娃

你只是去了另一个世界

虚空的身体是唯一的门

你依然是那个贪爱的人
不停地爱上别人
也不停地有人爱你
只是，激流和焰火之后
谁是那个先离开的人？

我又梦见你了，茨娃
梦见你拼命地奔跑
跑灰了头发
跑黑了皱纹
梦见你什么都没带
只带着自己

第五辑

黑与白

227

274

## 简史

我曾经羞愧过的一切：

犟过的嘴

撒过的谎

茁壮的嫉妒

蓬勃的虚荣

连同那些不洁的念头

终有一天

成为我越抻越平的记忆中

最有质感和光泽的

凹凸

我曾经羞愧过的一切

# 蚁

一只蚂蚁在纸上爬行
决定行走线路的
不是蚂蚁的愿望
是我攥握出的凹痕

急于回家的它
跟急于突围的我一样
无法确定
前方是何方
无法确定
下一轮挤压莅临的时刻

蚁

# 渡
## ——致友人

冰河解冻
又开始了奔腾

我们手拉手一起渡河
到了对岸,又分开

雨水侵蚀着火山岩
不断冲刷出新的河道
刚刚照在这片叶子上的光
已经转向了别处

一想到前方还有那么多河流
等待你我去重逢
我就不由得加快了赶路的步伐

前方还有那么多河流
等待你我去重逢

## 有时候，光是令人不安的存在

天亮得太早
我被穿墙而过的光吵醒

夜已经很深
长途火车里灯火通明

照相馆的灯亮了
我怎么都挤不出淡定的笑容

汽车驶出隧道
光像偷窥者似的一拥而入

不断有流水线上的鸡
被光骗着下蛋
不断有大棚里的菜
被光骗着长大
不断有逐光的攀爬者
被紫外线灼伤
不断有匍匐者

被探照灯照出一生的噩梦

许多时候
光是令人不安的存在
羞怯的我
只有在黑暗里才会变得勇敢和从容

一切那么真实
又那么不真实

黑色的背景下
我戴上了花环
却忘记换上礼服

凌晨四点
对面楼里唯一的窗还亮着灯

## 法则

跛脚的老马

被送到猎人家中

他喂干草给它吃

老马躲过了

活着被粉碎成饲料的命运

它老死的尸体,将被

拉到野外

成为神鹫的口粮和母狼的乳汁

有的小动物

因此逃过一劫

以自生自灭的方式死去

是幸运的

如果再被禽兽吃掉

无异于圆满

大自然里

没有谁轻松和无辜

空旷的宇宙

除了不断转化的能量

什么都没有

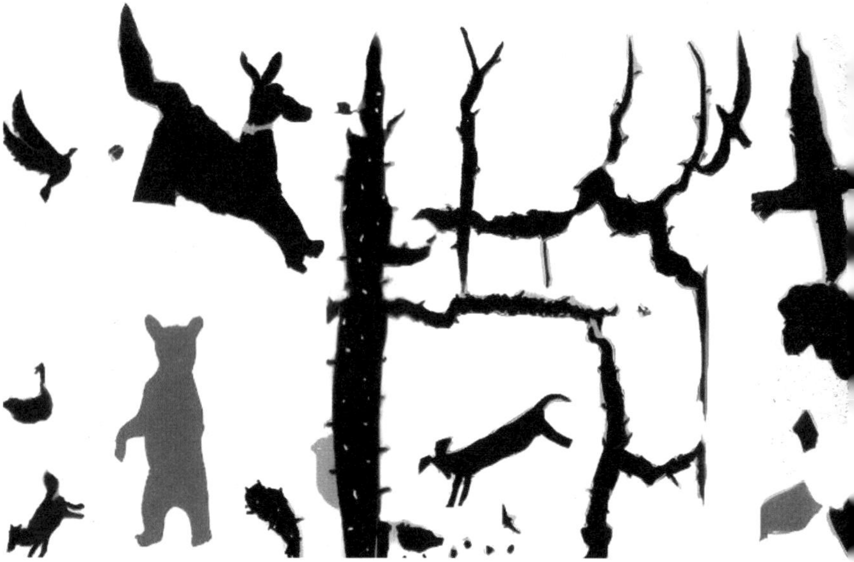

大自然里
没有谁轻松和无辜

## 我把黄昏写下的诗句放在黎明朗读

我把黄昏写下的诗句

放在黎明朗读

我能探测到睡梦里的虫鸣

却听不清大街上鼎沸的人声

欢快的小鸟

飞在新鲜的蓝天下

身体比空气还要轻盈

成千上万只蜻蜓在水边集结

没有人知道它们的来路

太多的生离死别

让怯懦的我们靠得更近

相同的缺点

让我们共用一个内核

你的笑容

那么古老,又那么年轻

爱情的烈酒像燃料

把沉重的铅块聚变成闪亮的水晶

跑起来吧

让身体像河水一样流动

像大海一样潮涌

让散开的发辫

像流苏一样在风中起舞

无比遥远的太空

一颗膨胀中的红巨星

正由无比温柔变得无比狂暴

万物苏醒的清晨

梦的衣袂飘走了

只留下一粒纽扣

## 你霸占了我的梦境

你向我要一道题的答案
我把繁琐的演算都写上卷面

夜里,我用右手关上房门
白天,再用左手把它拧开

白天,我看到天空的力量
云波的诡异
夜里,我看到火山喷发
锥形的小岛越堆越尖

你是火山、淡水、冰川
你是风
你是森林、湖泊、溪流……

你用石块研磨泥土
你让河流飞上天空
你让撒哈拉的沙尘,不断落入加勒比海

白天，我们从阳光中汲取的热能
梦里以无比华美的烟花秀释放和呈现

让闪电的光芒暗一点，再暗一点
让花火的燃烧慢一点，再慢一点
闪现，消失，消失，闪现
梦的引力，让一只玻璃杯
在我的面前碎成裸钻

白天，我倔强而叛逆
额头凸起河流似的血管
梦里，我乖巧且听话
俨然受过良好的服从教育

你，霸占了我的梦境
梦用它坚硬的额头
抵住我脆弱的鼻骨

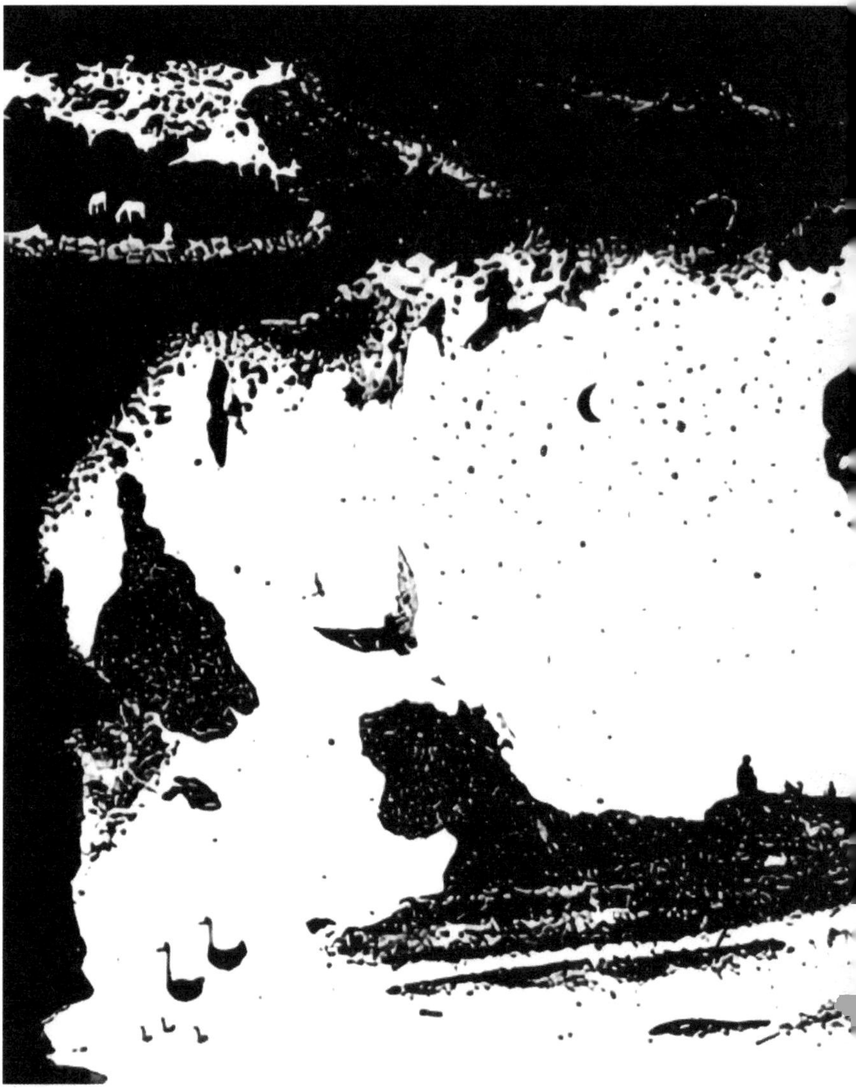

梦境

# 180度

我早已不属于自己

白天睡
晚上醒
我的生物钟
蹊跷地，位移

医生说
你的头在下
脚在上
嗯，你来这个世界的首秀
呈180度

我的天使
你已趱行万水千山
还要飞越八千月云
通向人间的路
需要好大好长的勇气

夜以继日
我用作息的倒置

呼应你

身体的倒悬

石头开花的时刻

就要来临

雷鸣电闪的时刻

就要来临

你我 180 度的相逢

就要来临

然后，我托举你

走入——

歪斜的世界

## 在海拔 4500 米……

口干、舌苦、眼胀、头裂
长发像蒿草一样毛躁

为了见你
我翻越万水千山
备足了美艳华服

身体的沦陷
从眼睛的狂喜开始
从想要冲锋的那一刻开始

在玛旁雍错
神水映出雪山、白云、蓝天
映出我生无可恋的快容

在冈仁波齐，神山赐我
厌食、迟语、难眠、易醒的紧箍咒
我一步一喘一憩

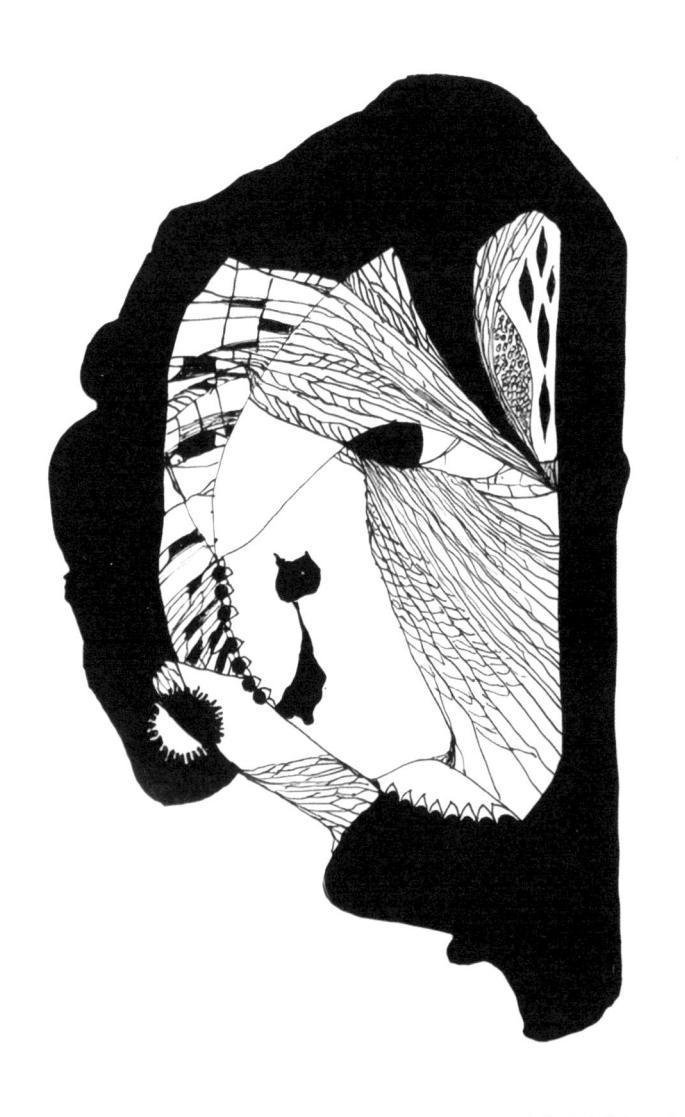

我的眼睛背叛了身体
身体出卖了灵魂

近你,渡我

在 4500 米海拔的阿里

我的眼睛背叛了身体

身体出卖了灵魂

# 乌贼

无脊椎
关键时刻把水搞浑的喷墨术
加上
能与任何颜色融为一体的细胞壁
让乌贼成为这片海
活得最好的物种

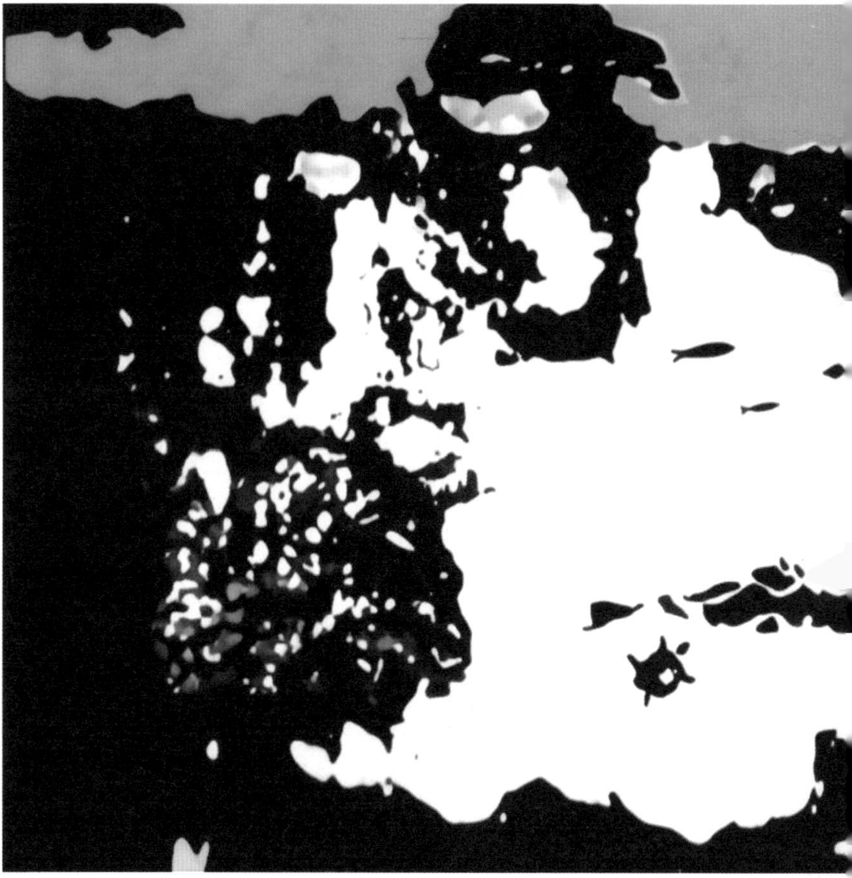

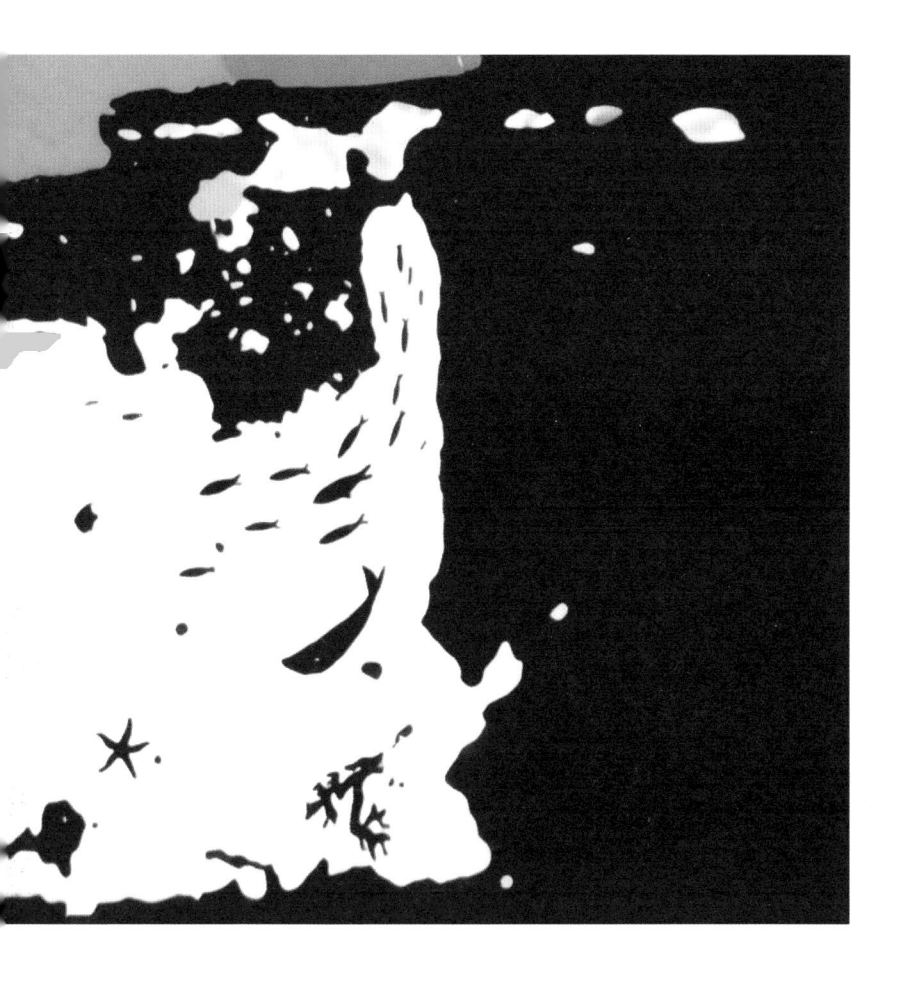

这片海

## 风无法把我们吹到新的大陆

风,把树吹成了鱼的形状

天很冷
你脱掉外套
好让我们近一点
我摘下口罩
好让我们再近一点

餐桌上
我们吃相同的食物
说不同的话

在野外
我用 360 度的复眼
清点后脑的白发
你像马达加斯加高原
把一座岛屿分隔成荒凉和茂密

一片木筏

在汪洋中划行

前方，也许是湿地

也许是森林

也许是火山

也许，木筏就这样一直漂着、漂着

危险，永远是活着的一部分

风，无法把我们吹回原地

也无法把我们吹到新的大陆

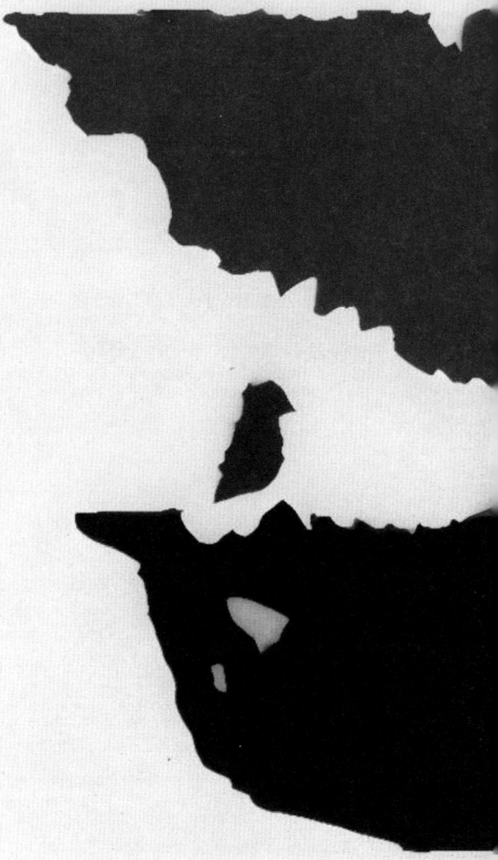

危险，永远是活着的一部分

## 回到原处

太看重
所以太踌躇

我修改写下的文字
翻来覆去

确认发送的一刻
又改回初稿

这多像我们的一生
无论兜过多大的圈子
被修改过多少遍
终究,要回到原处

我们,是被上帝看重的孩子

我们，是被上帝看重的孩子

# 一只受伤的天鹅

成千上万只天鹅

结伴而行

唯有这只受伤的天鹅

形只影单

它的伤口藏在左翼和前胸

它的脖子无法伸展

弯曲成大写的 S

去年春天

它和一只右翅有伤的天鹅相爱了

它们在冷清的越冬地

热闹地生儿育女

秋天里

它失去了完美的伴侣,和

七个孩子当中的一个

现在,它又落单了

跟一年前一样

它用低沉、含混的鸣叫

回忆起妈妈带它的第一次飞翔

还有第一个出壳的孩子

岸边的树没了叶子

露出赤裸的硬和拧

零星的羽毛

粘住芦苇和蒺藜

那是腮鬓相磨的往事

留下的白色飘动

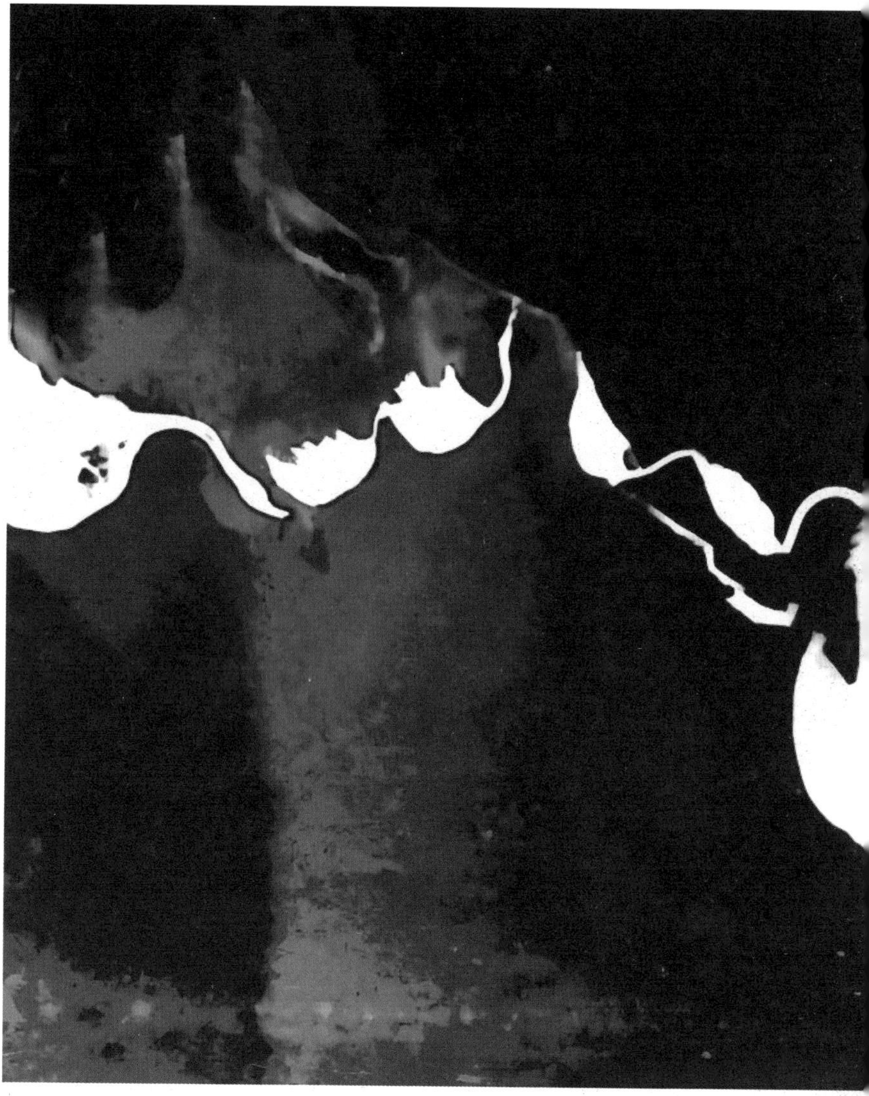

天鹅

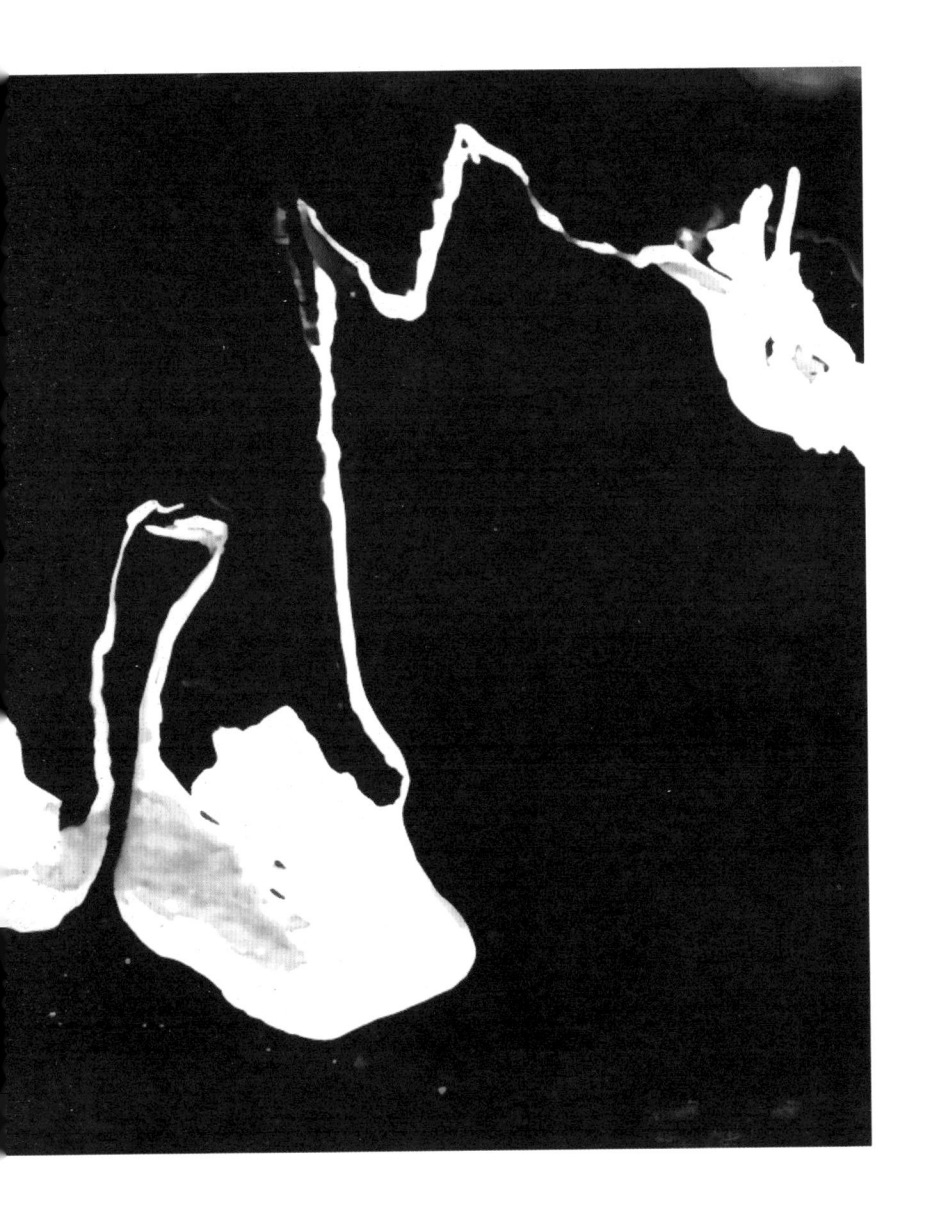

# 岛

一定有超自然的力量

决定一座岛的冰封与沸腾

心中的岛屿

有的是火山喷发的产物

有的是两块陆地撞击的凸起

找不到心爱之物时

我让自己静下来

坐成岛的样子

揣测藏匿它们时缜密的心思

白纸上面

一边的名单越来越长

另一边的名单越来越短

一支笔的力量

足以改变海水和天空的颜色

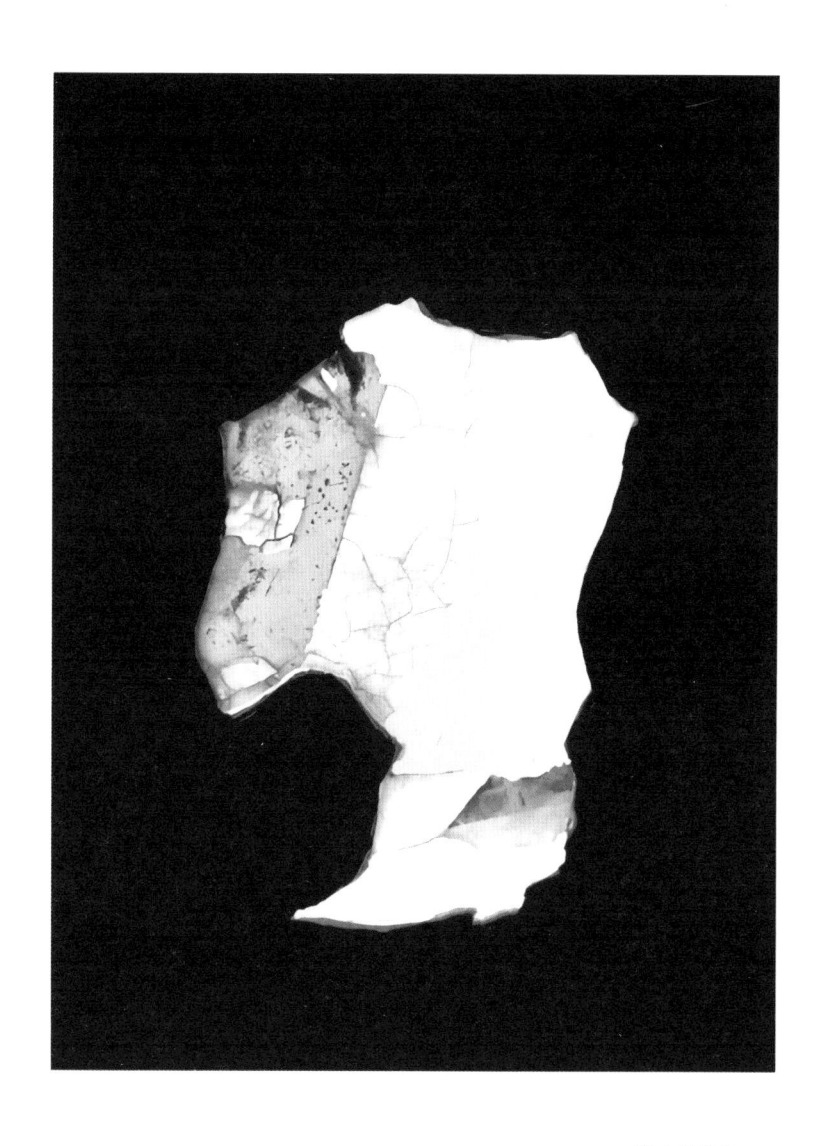

脸上的岛屿
来自我们共同的祖先

脸上的岛屿

来自我们共同的祖先

只一个哈欠

慈祥就变成了狰狞


涨潮了

大海收回了它的秘密花园

# 注定

时光倒流
少年的我傻站在原处

隐着身,跟她走
听她带火的嘴巴
把事情一件件烤糊
看她像橱柜里的蚂蚁
爬向剧毒的迷香
我贴着透明的隔音玻璃
徒然心碎
她,昂首阔步向前
拎着总也忘记丢掉的垃圾

唉,我少年的风筝线
注定不在中年手中
明的花
插不进暗的瓶

明的花
插不进暗的瓶

没办法早慧

即使重来一遍

多么让人沮丧又心安的——

命中注定啊

## 致阿赫玛托娃

总会想起你，阿娃
在每个欲言又止的时刻

总会想起你
星星和云朵、白鸟和车前草都不见了
唯有波罗的海的风还在恣意吹拂
人类已苍老
只有你美丽孤傲如初

诗是你的鸣叫
你用不同的波长
表达进攻、防御、安抚以及恳求
后来，河水漫过头顶
你变成了哑石

没有爱情也没有面包的日子
你啃自己的血肉充饥
频率越来越快
用力越来越重
泪水迸涌

也无法让你停止咀嚼

雪地里辙印交错
但你的面前
只有万箭穿心这一条路
你掬着包裹
排在探监队伍的第 300 号

黑洞的密度太高了
一茶匙的苦就有一吨重

总会想起你，阿娃
月光亮得让人难过

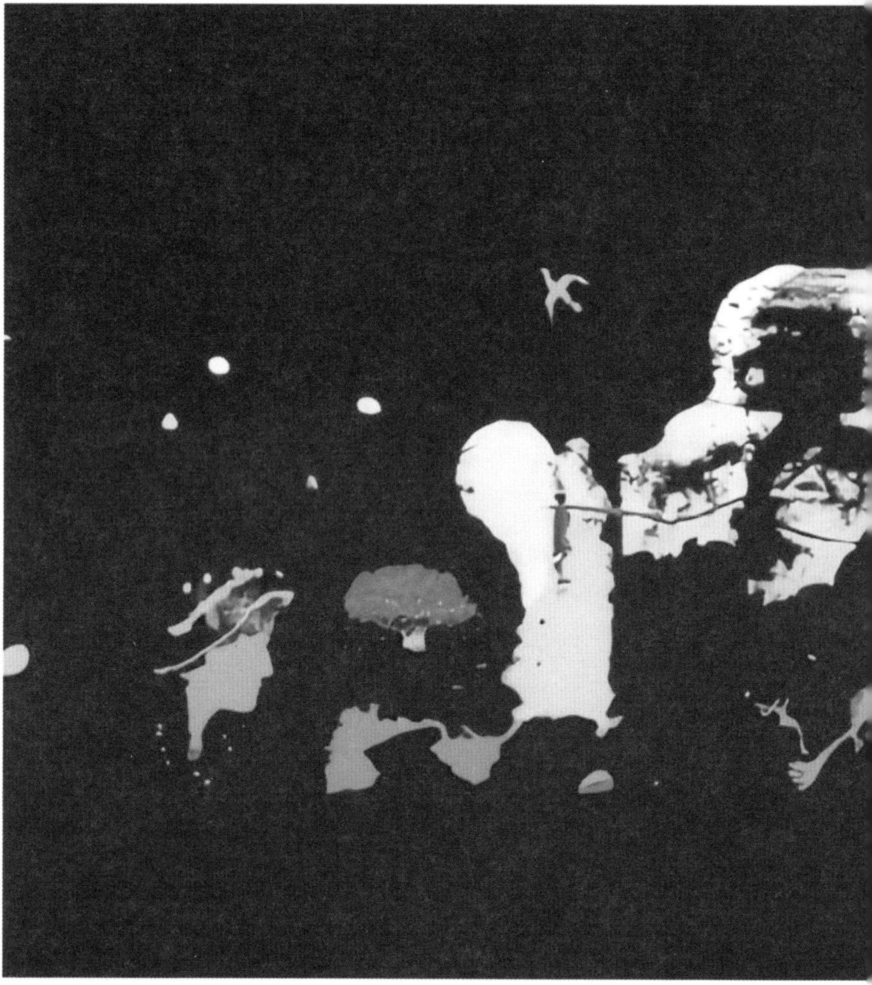

月光亮得让人难过

# 代跋

## 唯有文字可以不朽

气流在逆行

小岛在沉没

冰山在闪崩

我们在失重的地球上写下文字

让它穿越时空

在引力的暴击和吞噬中

相互试探、贴近、碰撞

合体成水火交融的字符

用简单的编码表达世间万物

它们是勇敢的造访者

即使被撕裂成碎屑

被点燃为灰烬

也要借助辐射与蒸发

经由虫洞抵达新的宇宙

等待有一天

被接收,被存储,被破译,被诵读

写吧!

写天,写地

写梦,写醒

写笑,写哭

写肉体,写灵魂

写痕迹,写伤口

写沸腾的岩浆

写沉默的群山

写树林阳光的忽明忽暗

写大鸟飞起来时

令人窒息的美丽

……

写吧,昼夜不停地写吧

把黑发写白

把新纸写旧

把混沌写成有序

把狭窄写成无垠

写吧

空气会为我们的文字配乐

耀斑将为我们的文字掌灯

黑洞不是文字的坟墓

它是意念加持的甬道

写吧

不去管时间是否存在

不去想人类是否唯一

不去问我们有无来生

写吧
不去管时间是否存在
不去想人类是否唯一
不去问我们有无来生

图书在版编目（CIP）数据

我早已不属于自己 / 王晓冰著 . -- 北京：当代世界出版社，2024.1
ISBN 978-7-5090-1792-0

Ⅰ.①我… Ⅱ.①王… Ⅲ.①诗集－中国－当代 Ⅳ.①I227

中国国家版本馆 CIP 数据核字 (2023) 第 247360 号

| 书　　名： | 我早已不属于自己 |
|---|---|
| 作　　者： | 王晓冰 |
| 监　　制： | 吕　辉 |
| 责任编辑： | 高　冉 |
| 选题策划： | 彭明榜 |
| 出版发行： | 当代世界出版社有限公司 |
| 地　　址： | 北京市东城区地安门东大街 70-9 号 |
| 邮　　编： | 100009 |
| 邮　　箱： | ddsjchubanshe@163.com |
| 编务电话： | （010）83908377 |
| 发行电话： | （010）83908410 转 812 |
| 传　　真： | （010）83908410 转 806 |
| 经　　销： | 新华书店 |
| 印　　刷： | 北京精彩世纪印刷科技有限公司 |
| 开　　本： | 889 毫米 ×1194 毫米　1/32 |
| 印　　张： | 9.5 |
| 字　　数： | 100 千字 |
| 版　　次： | 2024 年 1 月第 1 版 |
| 印　　次： | 2024 年 1 月第 1 次 |
| 书　　号： | ISBN 978-7-5090-1792-0 |
| 定　　价： | 88.00 元 |

法律顾问：北京市东卫律师事务所 钱汪龙律师团队（010）65542827
版权所有，翻印必究；未经许可，不得转载。